崖っぷち社員たちの逆襲

お金と客を
引き寄せる革命
「セレンディップ思考」

Kojima Syunichi
小島俊一

WAVE出版

まえがき

この本は、沈没寸前な街の本屋で働く「崖っぷち社員たち」が「企業再生」に取り組む物語です。本屋が扱っている商品の価格や品質は、競合他店と同じものです。そんな本屋の「企業再生」こそ、あらゆる業種においても参考になるものになるでしょう。この本を読み終える頃にあなたは、「企業再生」の一つの方法を学びます。そしてもし、あなたが決算書を読むことがどんなに苦手でも、この物語を読み進めれば、その基本的な構造も自然に学べるようになっています。

登場人物は、多彩です。ご主人を亡くされ専業主婦から社長になり、決算書は読めずお世辞にも経営に詳しいとは言えない女性社長。マーケティングとは無縁で、現場感覚だけを頼りに働くガムシャラ店長。やる気を無くして、割増退職金のことだけを考えている店長。部下との関係に悩む女性店長。本が大好きだけど、喧嘩早いスキンヘッドの店長。そして謎の動きをする経理部長などなどです。他にも個性派ぞろいの面々が登場します。

その本屋に、熱血漢ながらも人の気持ちに鈍感な主人公である銀行マンが出向し、様々な人間模様を織りなしていきます。「企業は、人なり」ですから、これらの登場人物の成長無くしては「企業再生」もあり得ません。

「企業再生」へのアプローチには、大きく言って2通りの方法があります。一つは、大規模なリストラで大量に社員を解雇する方法です。昨今の電機業界で見られる方法で、「崖っぷち」から甦った企業もあれば、そのまま崖下に落ちた企業もあります。

もう一つは、従業員を大切にすることで、「企業再生」を果たす方法です。典型的な事例で言うと、民事再生を申請したスカイマークに出資した、佐山展生《のぶお》氏率いる企業再生ファンドのインテグラルがその代表例でしょう。

この本屋がどちらの方法で「企業再生」へ取り組もうとしたのかは、本書をご覧ください。ただ、どちらの方法でも「企業再生」には、三つの観点が必要です。お金の観点と、仕事そのものを見直す観点、そして従業員の人心掌握です。これらの観点は、あらゆる業種で必須でしょう。

組織を最後に救うのは結局、日々現場で誠実に働いて誰かを支え、誰かを守ろうとする人々が持つ、自分の仕事や仲間への愛情なのかもしれません。

さて、美人女性社長である黒木早苗を始めとする本屋の面々と、熱血漢銀行マン鏑《かぶら》木《き》健《けん》一《いち》が出会い、どんな化学反応が起きるのでしょうか？

小島俊一

この「小説」を読み終えたあなたに身につくこと

①決算書（損益計算書・貸借対照表）の基本的な見方

あなたが、決算書をどんなに苦手にしていても、足し算、引き算、割り算ができるのなら、必ず理解出来ます。販売原価の出し方や「損益分岐点や減価償却とは何か？」も分かるようになります。

②マーケティングの基礎知識

「マーケティングとは何か？　販売とは何か？」が具体的な事例をもとに理解出来ます。その他、ＡＩＤＭＡ（アイドマ）（038ページ）、４Ｐ（055ページ）、ＳＷＯＴ分析（104ページ、184ページ）、「ＵＳＰ」（123ページ、240ページ）なども理解できます。

③ドラッカーのマネジメント至言

「社員はコストなのか、財産なのか？」（040ページ、054ページ）、「マネジャーに求められる資質は『真摯さ』である」（131ページ）、「君は、何によって記憶されたいのかな？」（191ページ）、「企業の目的は、顧客の創造にある」（214ページ）等を紹介しています。

④コーチングマインドと「魔法の質問」

コーチングはスキルよりもマインドが重要です。「傾聴・受容・承認そして、沈黙を恐れずに相手を信頼する姿勢」（079ページ、181ページ）、「それは、エゴですか？」（131ページ）、「愛の選択」と「恐怖の選択」（132ページ）、「シャンパンタワーの法則」（227ページ）、「お客様は誰？」（228ページ）、「スタッフのやる気を引き出す8項目の質問」（229ページ）などを紹介しています。

⑤社会人としての教養と知識

「オヤジ殺しのサ行」（043ページ）、「セレンディピティー」（056ページ、196ページ、238ページ）、「マズローの欲求5段階説」（044ページ、077ページ）、『茹でガエル』の法則」（059ページ）、「クレーム対応のフロー」（080ページ）、「語先後礼」（093ページ）、「北風と太陽の話」（111ページ）、「ジョハリの窓」（123ページ）、「アンゾフのマトリックス」（139ページ）、「店舗のエアコン代を下げる方法」（143ページ）、「ブルーオーシャン、レッドオーシャン戦略」（151ページ）、「アポ10分前の訪問は、正しいか？」（169ページ）、「ハインドサイト・バイアス」（212ページ）、「プレゼンと説明の違い」（235ページ）、などを紹介します。

崖っぷち社員たちの逆襲・もくじ

［ブックデザイン］奥定泰之
［カバーイラスト］ヨコタユリコ
［DTP］NOAH

あなたがたは、自分の持っている確信を放棄してはいけない。
その確信には、大きな報いが伴っているのである。

——ヘブル人への手紙　10章35節

序章◉出向を命ず

ここ金沢も春になると、最寄り駅から会社までの道には綺麗な桜が咲き、目を和ませてくれる。駅から歩いて5分ほどのこの道を、毎朝通っている。今はまだ3月。桜並木もつぼみを硬くしている。雪の残る山々から吹き降ろしてくる風も、冷たい。

「かぶらぎ君、ちょっと」

始業時間ギリギリに出勤して、席につくとすぐに上司から呼ばれた。

まあ、朝一番に上司に呼ばれて、いい話であった試しがない。

「片山部長、お呼びでしょうか?」経済新聞を読んでいた片山部長の机の前に立つ。

「ああ……。10時になったら、8階のB会議室に来るように」部長は、読んでいた新聞を畳むこともなく、眼鏡越しに私を一瞥《いちべつ》してそう告げた。

「承知いたしました」これで、覚悟を決める。

私が最後の支店長をしていた金沢銀行桜町支店は、成績不振で今年の1月に閉店した。涙、涙の支店解散式と居酒屋でのお別れ会を思い出す。

行員たちは、他の支店に異動していったが、それまで支店長をしていた私だけは、責任を取る形で本社の「人材開発部」へ異動になり、出向の辞令を待つ身であった。同期入行の仲間も、もう何人かは金沢銀行の取引先に出向している。一部のエリートだけが役員となり銀行に残り、それ以外は、外部に出てゆく。それが銀行なのかもしれない。

食堂横の自動販売機で温かい缶コーヒーを買い、席に戻り思案する。

どこだろうか？　あの建設会社かな？　それとも、先月話題の新店を出した食品スーパーだろうか？　確か、最近急成長の金沢市内のアパレルメーカーも、経理部長を探していると聞いていたしなあ……。


10時少し前になる。話しを聞く前にトイレに寄る。

「おはようございます！　外は、まだ寒いですね」

いつも愛想のいい掃除の女性が、ちょうど男子トイレの清掃を終えて入れ違いになる。

洗面所の鏡に映る自分を改めて眺める。48歳の年齢相応の体型である。若い頃にラグビーで鍛えた身体もお腹回りは、かなり緩んできたし、下顎も二重アゴ寸前である。頭にも白いものが混じり始めている。ネクタイを締めなおし、指定のB会議室に向かう。

会議室のドアを開けると、綺麗に磨き上げられた黒檀の机の周りに、総皮張りのソファーが置かれている。まだ部屋も暖まっておらず、座ってみると革の冷たい感触が伝わる。

この銀行がまだバルブ景気に沸いていた頃に買ったものだろう。経費削減の昨今では、こんな豪華な応接セットなど考えられない。

ほどなく、片山部長が人事部・中野次長と共に会議室に入って来て、窓側のソファーに座る。

「待たせたかな？」片山部長が口を開く。

「鏑木君は、入行してから何年になる？」

「はい。今年の春で25年になります」

「そうか。お子さんは？」

「高校2年の娘と中学2年の息子です」

「それなら来年は、揃って受験か……。大変だな」

世間話なんか、あんたとしたくもない。早く用件を切り出せよ、と心でつぶやく。

同席の中野次長が話を始める。

「今月末に決算を迎える当行の業績は、ご承知通り大変に厳しい見通しです。この原因はいくつもありますが、その一つに過剰貸付け先からの回収不振があります。そこで、これまで各部署での経験豊富な鏑木課長には、その経験を活かし、金沢銀行の業績改善を果たすために、金沢市の株式会社クイーンズブックスに出向してもらうことになりました。正式な辞令は、今日の午後に出ます。

今日は火曜日ですが、来週の月曜日付けの辞令です」

「クイーンズブックスって、あの本屋のですか？」

これまで何度も車で通り過ぎるだけで、立ち寄ることなどなかったあの本屋なのか？

「鏑木君、何を言っているんだ。クイーンズブックスといえば、本屋に決まっているだろうが。肩書きは専務取締役になるから。社長さんは、黒木早苗《くろきさなえ》さん。確か50歳。パーティーで何度かお見かけしたことがあるが、目元涼しげな、とても魅力的な美人だぞ」

片山部長の言い方が、いちいち鼻につく。

「月曜日から君が行くことは、私から黒木社長さんには伝えておくから。クイーンズブックスは、創業者であるご主人が病気で急逝され、それまで専業主婦だった奥様が急遽、社長を継がれて2年になる。大変に苦労されているから、君の力で助けてやってくれ」

「分かりました」ほとんど、捨て鉢気味に答える。

「最後に、これだけ伝えておく。クイーンズブックに行った君が、金沢銀行の業績改善に貢献する方法が2通りある」

「何でしょうか？」

「一つは、中野次長が言った過剰貸付けの徹底した回収だ。店舗を閉鎖し、人員を大幅に削減し、資産を残らず処分し、金沢銀行へ優先的に返済させる。もう一つは、経営の抜本的な改革だ」

怪訝そうな顔をする私に、片山部長は続けた。

「金沢銀行は、クイーンズブックスを貸付先として『破綻懸念先』で区分している。つまり、通常なら貸付金は返ってこない可能性が高いということだ。だから、『破綻懸念先』への貸付金は、金沢銀行としては金融庁の指導で『貸し倒れ引当金』として、既に経費として計上している」

「部長、何がおっしゃりたいのですか？」

「つまり、万一にもクイーンズブックスの経営が大幅に改善され、現在の5期連続赤字から脱却し、売上も収益も伸ばせるようになれば、クイーンズブックスは、『破綻懸念先』から『正常先』に区分が変わり、金沢銀行は、『貸し倒れ引当金』の経費計上が不要になり、それが当行の利益となり、金沢銀行の業績に貢献できるということだ」

気軽に言ってくれるものである。5期連続赤字の本屋の経営再建だとさ。

「どっちの道を選ぶかは、現場に入ってからの君の判断次第だ。いうまでもなく、強引で一気に行う資産の処分の方がいろいろあっても簡単だよ。赤字会社の経営再建は、茨《いばら》の道だからね」

最後まで嫌な上司であった。長年勤めた金沢銀行を離れるのは寂しいが、こいつの顔を二度と見なくてすむことだけは、嬉しい。

二人が会議室から出ていく。一人残された私は、バブリーな総革のソファーに身を沈める。

まあ……片道キップだろう。

これまでの様々なことが走馬灯のように脳裏を駆け巡る。

まるで昨日のことのように思い出すのは、これまでの銀行マン人生である。東京の私立大学を卒業し、故郷金沢に戻り、希望に燃えて入行した若かりし頃。血気盛んだったなあ。上司ともよく喧嘩した。

「地域のために」の思いで銀行マンのプライドをかけて過ごしてきた30代。ご多分に漏れずバブル景気も平成不況も経験し、社会の表も裏も見てきて支店長ポストを掴んだ40代。そして今日、赤字続きの本屋への出向の辞令……。

しかし、よりによって何で私が本屋なのか？　出版業界の状況は、経済紙だけでなく、雑誌やテレビなどでも報じられている。「出版不況」とやらで、本屋の未来が明るいとは、とても言い難いようだ。ネット書店や電子書籍の台頭で、出版業界はもう20年近くも売上が落ち込んで、ピーク時の6割にもなっているらしい。その上に、毎年600軒から800軒もの本屋が閉店に追い込まれているそうだ。

会議室を出て1階ロビーに降り、本社隣の大きな公園に一人で向かう。少し、歩こう。春なのに、今日は故郷、金沢の厳しい寒さが身に染みる。

午後になり、出向の辞令を正式に言い渡される。発令後には、自分の机のパソコンから銀行内にある「クイーンズブックス」へのデータアクセスが許可されていた。早速目を通す。

決算書を見ると、目を覆うばかりの決算内容だ。5期連続の赤字で、経費もコントロールされていない。借入金も多く、債務超過寸前である。売上増のための新たな取り組みもない。確かに「破綻懸念先」に区分されて当然の経営内容である。

クイーンズブックスは、創業者である黒木勇《ゆう》太郎《たろう》氏が、40年以上も前に住宅メーカーから転身し、15坪から始めた街の小さな本屋であった。その後１９７０年代後半になり、幹線道路沿いにある郊外型の書店を金沢近郊に出店している。この頃に金沢銀行との取引が急拡大し、今に至っている。

この郊外型書店は、日本で最も早く始めた本屋の一つであったようだ。随分と年下になる早苗夫人とは、この頃ご結婚されたようだ。お子さんはおらず、跡継ぎもいない。創業時から「お客様第一主義」を標榜し、文具や雑貨やＣＤなどのレンタルも早くから手がけていて、出店が相次いだ頃は、書店業界で時代の寵児と呼ばれた、ピーク時には、店舗が10店舗もあったことが分かる。

今では、金沢市内を中心に６店舗で年商は18億円前後になっている。６店舗とも１５０坪から２５０坪程度の大きさである。どこにでも見かける規模で、特徴もない。

顧客重視を掲げ、先進的な取り組みをして地域の支持を集めていた本屋が、なぜ、銀行からの出向を受け入れる事態にまでなったのか？

事業を急に拡大し過ぎて、借入過多であったのは間違いない。クイーンズブックスの象徴でもある郊外型書店も、どこよりも先に出店した分、どこよりも先に老朽化して、後からできた最新型の書店に対しての競争力を失った。その後も近隣には競合店が相次いで出店し、売上が下がり経営が行き詰まったのである。つまり「経営の不在」が招いた悲劇である。

最近は、仕入先の支払いにも困窮している様子である。片山部長も話していたように、やり手と評判の創業経営者が2年前に亡くなり、奥様が突然に社長になられている。


経営不振の本当の原因は何だろうか？

私がこの本屋を再建できるのだろうか……？　この「出版不況」の中で。

クイーンズブックス。実際は、沈没寸前だよなあ。

様々な思いが駆け巡る。

「私はこの本屋と、どう向き合えばいいのだろうか……？」

第1章◉招かれざる〝客〟

月曜日の晴天の朝である。5階建てマンションの501号室3LDKの自宅は、まだローンがたっぷりと残っている。朝食を食べていると、近くの公園から鳥のさえずりも聞こえる。この公園の桜も、今週末から来週にかけて一斉に花が開くのだろう。昔は、家族揃って花見に出かけたものだが、部活に忙しい子どもたちは、間違ってもつき合ってはくれない。

クイーンズブックスへの出勤初日である。金沢市の南端に位置する工科大学の前に本社がある。通勤は車でおよそ20分と、かなり近い。スポーティーセダンの愛車・マークXを店舗の駐車場に停める。自宅近くにありながら、私も家族も本を買うときはクイーンズブックスではなくて、金沢市近郊にある大型ショッピングセンター内の全国展開している大きな書店を使っていた。このショッピングセンターに行けば何でも揃うし、本の売り場もここよりは遥かに広く品揃えも充実している。これは、秘密にしておこう。

1階が本店で、2階が本社だと銀行からの出向先資料に書かれていた。それに従い、指定された10時に本社のドアをノックする。

「本日からお世話になります、金沢銀行より参りました鏑木《かぶらき》健一《けんいち》と申します。黒木社長はおられるでしょうか？」

事務所にいる全員の視線が私に向けられる。

「お待ちしておりました。私が社長の黒木です。よろしくお願いします。お手柔らかにね」噂に違わぬ美人の社長が応対してくれる。

「はじめまして、鏑木です。よろしくお願いします」

「皆さん、今日からクイーンズブックスで専務として働いていただく、かぶらぎ専務さんです」

「黒木社長、申し訳ありません。かぶら〝き〟です。濁りません」

「あら、ごめんなさい」と社長が微笑む。

「それでは、メンバーをご紹介しますわ」

全員が立ち上がる。

「経理部長の坂出《さかいで》です。経理にとっても詳しいの。それからこちらの女性二人が坂本と安東です。経理と総務の仕事をしてもらっています」

斜に構えて、品定めする感じでこちらを見る坂出部長に無表情の女子社員二人。

「奥に社長室兼応接室があります。主人が生きている頃は使っていましたが、今では、お客様が来られたときだけ使っています」

事務所内に無造作に置かれたサーバーが気になる。

「私も、この事務所でみんなと一緒に仕事しています。鏑木専務さんの机も、この事務所に用意しましたの。よろしいかしら?」

「はい、もちろんですとも。ありがとうございます」

みんなが席に座り、仕事に戻る。


自分の机に向かい、荷物を置いて改めて坂出部長に挨拶する。

「坂出部長、いろいろと教えて下さい」

「ええ。何か聞きたいことがあれば、お尋ね下さい。まあ、銀行マンだから、分からぬこともないでしょうけれど……」

早速、ジャブを打ってきた。

「いえいえ、分からぬことばかりですので、どうぞよろしくお願いします」

「銀行マンが、分からぬことばかりですか……」

女子社員の二人が聞き耳を立てているのが分かる。ちょっとした緊張が走る。

「かぶらぎさん、坂出部長。今夜は店長たちも呼んで、かぶらぎ専務さんの歓迎会を開きましょう」

緊張した雰囲気をかき消すように、社長が明るい声をかけてくれる。

「社長、かぶらきです。濁りません」

「あら、そうでしたね。ごめんなさい。かぶらき専務、さん」と社長が微笑む。

午前中は、パソコンの設定やら、備品の置き場所だの、ごみの出し方などを教えてもらう。昼食の時間になるが、声をかけてくれる人もなく、一人で会社の前のカレーショップでLカツカレーを食べる。

午後になり、坂出部長に話しかける。

「部長、スミマセンが、社員の方々のプロフィールが分かる履歴書や、店舗の概要が分かる会社概要は、ありますか？」

坂出部長は、明らかに面倒くさそうな態度と表情で無言のまま立ち上がり、キャビネットから書類を一束抱えて、

「はい、これ」と、私の机の前に勢いよく置いた。

私は、書類をめくり始める。店長たちのプロフィールを見ると、驚いたことに現場たたき上げの中途採用の店長や、新潟大学や富山大学に東京女子大を出た店長までいる。

こうして、書類を読んだり、関係者にメールを出すなどして、クイーンズブックスでの慌ただしい1日目が過ぎた。

私の歓迎会は、金沢市の繁華街である香林坊にある、地元の新鮮な食材を出すと評判の「能登」で8時から始まる予定だ。車を家に置きに帰り、バスで香林坊に向かう。

夜になり、歓迎懇親会には、全6店舗の店長たちと黒木社長に坂出部長が集まった。

「今夜は、金沢銀行から新しく来られた鏑木専務の歓迎会です。皆で楽しく過ごしましょう。それでは、乾杯！」坂出部長の型通りの挨拶で乾杯する。

乾杯の後で、店長たち6人の簡単な自己紹介が進む。声の大きな本店・西田店長。理知的な感じを受ける銀縁眼鏡の小松店・唐戸《からと》店長。スキンヘッドの加賀店・鉄川店長。小太りで文具が得意と資料にあった白山《はくさん》店・田丸店長。女性で長い髪の羽咋《はくい》店・高橋店長。それに何とも投げやりな話し方の桜田店・森店長。これでプロフィールの名前と顔が一致する。ほどなく私は指名され立ち上がり、挨拶を始めた。

「はじめまして、かぶらき　けんいち　です。これから、皆さんのお仲間に入れて下さい。石川県生まれの48歳です。高校ではヨット部でした。大学では、草ラグビーをやっていました。本が大好きなので本屋で仕事ができて、とても嬉しいです。どうぞよろしくお願いします。それから、今まで銀行にいましたので、多少は経理やマーケティングのことが分かります。そこで、今日はお土産を持ってきました。私オリジナルの『社会人の基礎知識』という小冊子です。ここに企業会計やマーケティングに関する基礎知識が書かれています。これをお配りしますので、お持ち帰り下さいますか？」

用意してきた「社会人の基礎知識」を参加者全員に配る。

「皆さんもご承知のように、クイーンズブックスの経営は、万全とは決して言えません。だからこそ、店長さんたちと、黒木社長と坂出部長の8人と私で、このクイーンズブックスの再建をしていこうと思います。そのために最初に身につけるべきは、何といっても**『決算書の読み方』**と**『マーケティングの基本』**です。一つずつ、一緒に勉強していきましょう。この知識は、経営再建には必要な知識だと思っています」

突然、声の大きな本店の西田店長が噛みついてきた。

「これ何ですか？　俺たちに勉強でもしろ、と言うのですか？　書類を読んで売上がよくなるんだったら、みんなとっくにやってますよ。専務さん、本屋がどれだけ毎日忙しいのかご存知ですか？　一度現場に来てみて下さいよ。書類でお勉強している暇なんかないんですから！」

私が作った小冊子を、全員がカバンにしまい込み始める。明らかに白けた雰囲気が満ちている。

「西田店長、私は**『実践なき理論は無意味ですが、理論なき実践も無力』**だと思っています。企業の永続的な発展には、経営理論の基礎知識が必要なんです」

空気を察した社長が、二人の会話を遮る。

「鏑木専務さん、挨拶は、終わりましたか？　皆さん、仕事の話は、これからゆっくりやりましょう。今日は、鏑木さんの歓迎会ですから、一緒に飲みましょう」

またた……。

また、正面から相手の気持ちも考えずに突き進んでしまった。この年になっても成長しない。あたり前だが、どうやら私は、坂出部長はもちろん、店長たちにも歓迎されていないようだ。片山部長が言っていたように「経営再建は茨の道」だ。大リストラで一気に債権回収しちまった方が楽なのかもしれないなあ……。そんな気持ちが一瞬頭をよぎる。

「とんでもない。クソ片山の思い通りにさせてなるものか！」

改めてそう思いながら、目の前の料理に箸をつける。せっかくだ、今夜は金沢の魚と地酒を堪能しよう。故郷金沢の味はいつでも格別だ。治部煮《じぶ》にノドグロ……。ノドグロは、刺身も旨いが塩焼きにすれば、他にない絶品である。無論、一緒に飲む相手次第だが……。

誰も話しかけてこない、私の「歓迎会」の夜が更けてゆく。

翌日火曜日の朝、始業時間は9時。8時半には、事務所に着く。黒木社長は、もう出勤している。早速声をかけた。

「黒木社長、会社の現状について、決算書に基づいて説明して下さいますか？」

彼女はあっけらかんと、こう答える。

「決算書ですか？　決算書のことは、経理部長の坂出と税理士さんに任せてありますから、私には少しも分かりません。坂出に聞いて下さい」

「社長、お言葉ですが、決算書が分からなくて、会社の経営をしてはいけません」

悪びれることのない黒木社長に対して、憤然として決算書の重要性の説明を始める。

「社長も車の運転なさるでしょう？　会社の経営は、車の運転にたとえることができます」

何を言い始めるのかと、怪訝《けげん》な表情を見せる黒木社長をちらりと見て続ける。

「財務諸表には3種類あります。まず、損益計算書[注1]です。車ならスピードメーター。いま、どれくらいの売上で、どれくらい儲かっているのかが分かります。次に貸借対照表[注2]。運転では、エンジン温度や回転数などでエンジンの状態を見ますよね。これで、会社の現状が一目で分かります。それ

［注1］**損益計算書（そんえきけいさんしょ）**　ある一定の期間（通常1年間）の会社の経営成績を売上から費用を差し引いて利益（もうけ）を示すもの。英語で「Profit & Loss Statement」（略してP／L）とも呼ぶ。

［注2］**貸借対照表（たいしゃくたいしょうひょう）**　決算期末時点での会社の財政状態を示すもの。資金の「調達」である右側とその「運用」である左側に分かれて表示されている。英語で「Balance Sheet」（略してB／S）とも呼ぶ。

［注3］**キャッシュフロー計算書**　企業活動におけるお金の流れを重視した計算書で、営業活動での販売や仕入経費などの「営業キャッシュフロー」と、借入や返済などの「財務キャッシュフロー」と、土地や株の売買などの「投資キャッシュフロー」の3つから成り立っている。英語で「Cash flow Statement」（略してC／S）とも呼ぶ。

から、キャッシュフロー計算書。［注3］ガソリンの残量を示すもので、会社のお金がどれくらいあるかが分かります。社長もこの3つを見ないで運転できないでしょう。決算書を見ないで経営するということは、運転席から前の景色だけを見て運転しているようなもので、危ないことこの上ない」

「鏑木さん、出版界には再販制と委託制というものがあるんです。通常の商取引とは、異なります。ですから、一般的な会計知識を言われても困ります！」

「社長、それは違います。こちらにお世話になると決まって、出版界の特徴について自分なりに調べてきました」私は少し、語気を強めて話を始めた。

「鏑木さん、それでお分かりになったでしょう？　販売価格が決められている再販制度。それから、仕入先である取次（本の問屋）に仕入た原価で返品できる委託制度。こんな商慣習のある業界って他にあります？　ないでしょう。だから、一般的な会計知識は通用しないんです。お分かりになったかしら？」

「黒木社長、それは違います。確かに出版界特有の再販制度や委託制度はあります。しかしながら、これは一般的な商取引の派生形に一つに過ぎません。書店の商取引は、通常の商取引において、最も単純な商取引形態と言えます」

「鏑木さん、あなた何を言ってるの。書店のことが分かっていない銀行マンの戯言《たわごと》ね」

「私の話が戯言かどうかは、これから一つずつお話をしていきます。どうか、話を聞いて下さい」

「鏑木さん。それでは、私に一つずつ話を聞かせて下さい。納得すれば、学びます。まあ、お手並み拝見ね」これまでの黒木社長の笑顔は、どこにもなかった。

後から出勤してきた坂出部長と女子社員たちが、ヒートアップする私たちの会話に無関心を装いながら聞き耳を立てている。

「社長、奥の社長室へ移りましょう」

「分かりましたわ、そうしましょう」

社長室に移動し、私は冷静に話を続けた。

「社長、食品スーパーをお考え下さい。同じ商品の販売価格が日によって変わります。さらには、野菜でも卵でも仕入価格が毎日変わります。それに比べて、本屋の仕組みは何と単純なものでしょうか。販売価格は、一定していて変化はありません。その上に、仕入先である取次からの仕入正味（販売価格に対する仕入率）も日々の変化はありません。こんな単純な小売店は、他にありません。今までの私の銀行マンの経験で言うならば、どの業界の方も自分たちの業界を特殊とおっしゃる。まあ、例外なくです。もし書店が特殊だとすれば、最も単純な構造の決算書ということです。書店の決算書が読めるようになることが、他の業界の決算書の入門として最適とさえ言えます」

「ふーーん。そんなものかしらね。書店の集まりに行きますけれど、私以外の書店経営者でも、決算書をきちんと読める人ってどれくらいいるのかしら？」

「書店業界に限らず、中小企業経営者の方々で決算書を正確に理解されている方は、少数派でしょうね。でもね社長、経営再建には、決算書の基礎知識は必須なんです」

「そうかしらね？」

「社長、経営で一番苦労されているのは何ですか？」

「それは、利益が出ないとか、資金繰りよね」

「そうでしょう。利益の正体を知りたいと思いませんか？」

「利益ってお金、つまりキャッシュのことでしょう」

「実は、違います。**キャッシュと利益は別なんです**」

「ええー。だから、決算書って嫌い」

「大丈夫です、簡単です。必ず分かります。資金繰りは、銀行相手でしょう。その銀行は、決算書を見ています。だから、**銀行からの資金調達は、決算書が分からなくてはできない**のです。どうですか？　少しは、勉強する気になりましたか？」

「……分かりましたわ。それじゃあ、教えて頂戴」

「黒木社長、それでは、これから私と一緒に決算書の読み方を学んでいきます。簡単な問題を書いた紙を持って来ましたから、まずは、次の問題を解いて頂けますか？」

ケース1

あるデパートで、シャツの販売価格に対する平均の仕入率が80％であったとします（分かりやすく言うと、このデパートでは1000円で売るシャツを800円で仕入れている）。

今月の売上が1000万円でした。その月の仕入先への支払いも1000万円でした。

この月の推定の販売原価（売上原価とも言います）は、いくらでしょうか？　3択でお答え下さい。

Ⓐ　1000万円
Ⓑ　800万円
Ⓒ　推定不能

「わたし、Ⓐだと思うの。だって、仕入が1000万円なのだから、そうでしょう」

「社長、答えはⒷの800万円です。厳密にいうと少し違いますが、今はこれで理解してください。

社長が、決算書でつまずくのは、次の原則を理解していないからです。『**キャッシュの流れと利益は、別である**』ということです。1000万円売って、1000万円払ったら、手元に現金は残りません。ですからキャッシュはゼロですが、粗利益は、200万円出ています。まず、この原則を覚えて下さい。この中身は徐々に分かるようにします」

「え、そうなの？　キャッシュと利益は別なの？」

「そう考えられた方が、決算書を理解できると思います」

「分からないわ」

「1000円のシャツを1万枚売ったから、売上は1000万円です。ここはいいですね？」

「はい。大丈夫です」

「仕入ですが、支払いが1000万円ということは、1枚800円のシャツを1万2500枚仕入れているということですよね。だからその月の支払いは、800円×1万2500枚＝1000万円になります」

「やっぱり、決算書って嫌なのよね。そりゃあ、鏑木さんは立派な大学も出ておられるし、銀行マンでその方面の勉強もなさったから、お分かりになるのでしょうけど、私は地元の短大の家政科を出ただけですし、そんなキャリアはありません。これまで銀行交渉だって、坂出の横に座っていただけですわ」

「大丈夫です。中学校の義務教育どころか、**小学生の足し算、引き算、割り算ができれば必ず理解できます**。単に食わず嫌いです。ノドグロだって、見た目はグロテスクでしょう？　でも食べれば、この上なく美味しい。決算書も分かれば、銀行交渉の大きな武器にもなります」

「へー、小学生の算数で分かるの？　本当かしら？」

「ご心配なく、私がここに出向することになって、社長や店長さんに見てもらおうと思って作ったのが、昨日お渡しした『社会人の基礎知識』です」

鏑木は、疑念の消えない黒木社長の前で、冊子を広げて説明を続けた。

「社長、ここには会社を立て直すために必要な知識が書かれています。これを全て理解していただかないと、経営者として会社も社員の雇用も守ることができません」

「何だか、難しそうな言葉が並んでるのね……」

「大丈夫です、少しも心配は要りません。私が一つひとつ丁寧に説明します」

まだ気乗りしなさそうな黒木社長に、私は構わず説明を続けた。

ケース2

あるデパートで、シャツの販売価格に対する平均の仕入率が80％であったとします（分かりやすく言うと、このデパートでは1000円で売るシャツを800円で仕入れている）。ケース1と同じです。ここからが違います。今月の売上が0円でした。仕入先への支払いが1000万でした。この月の推定の販売原価は、いくらでしょうか？　3択でお答え下さい。

Ⓐ　1000万円
Ⓑ　800万円
Ⓒ　0円

「そうね、仕入率が80％だから、答えはⒷね。正解でしょう？」

「いや、残念ながら不正解です。答えは**Ⓒ**の0円です」
「どうして？　どうして？　納得いかないわ」
「いいですか、大切なポイントです。**販売原価は、売れたものに発生します。**今度のケースは、この月は売上がゼロなので販売原価はかかっていません。お店の在庫が1000万円増えているだけです。それでは、次です」

ケース3

あるデパートで、シャツの販売価格に対する平均の仕入率が80%であったとします（分かりやすく言うと、このデパートでは1000円で売るシャツを800円で仕入れている）。ケース1、2と同じです。さて、ここからが違います。今月の売上が1000万円でした。仕入先への支払いが0円でした。この月の推定の販売原価は、いくらでしょうか？　3択でお答え下さい。

Ⓐ　1000万円
Ⓑ　800万円
Ⓒ　推定不能

「もしかしたら……**Ⓑ**かな？」

「社長！　正解です！　その通りです。仕入はなくても在庫から販売したことになります。キャッシュと収益は別のものだということがご理解いただければ、ここは十分です。ここは大切ですから、もう一度ご説明しますが、**販売原価は『在庫額』と『仕入額』から算出**します。そのことだけを知っておいて下さい」

「なんだか、これまでのモヤモヤした霧が晴れつつあるみたい」

「さて社長、会社では利益が大事と言いますが、今度は、その利益の話をしましょう。それでは、利益とは何でしょう？　**利益には、5種類あります**。これを覚えましょう」

「利益って5種類もあるの？」

「そうです。でも大丈夫です、算数の引き算の世界です」

「算数の引き算ね」

「まず、売上高から販売原価を差し引いた金額が**『売上総利益』**とか**『粗利益』**とか呼ばれます。同じものです。先ほどの例では200万円ですね。2番目が、この売上総利益から経費を差し引いた金額の**『営業利益』**です。経費には人件費や水道光熱費や家賃などが含まれています。3番目が、その営業利益から本業以外で儲けたり、経費がかかったりした金額を合算したものを差し引いた金額の**『経常利益』**です。この経常利益が会社の実力です。本業以外の儲けというのは、本屋でいうなら不動産収入や株の配当金などです。本業以外の経費というのは、銀行への支払い利息などがあります。この『経常利益』を銀行は、その企業の実力として見ています」

「なんで、こんなにも利益に種類があるのかしらね？」と不満げな言葉を漏らす。

「まあ、そうですね。それぞれ、意味合いが違いますから、これは覚えるしかないですね」

「まあ、しかたないか……」

「次に、会社を経営していると、その年に限って儲けたり、損したりすることがあります。例えば、会社が持っていたけれども使っていなかった裏の土地が売れたりして儲かる。逆に台風で店舗に大きな損害が出る。それらを特別利益や特別損失と呼びます。『経常利益』からこれらの特別利益と特別損失を合算して差し引いた金額が、4番目の利益である**『税引き前当期純利益』**です。そして、この金額に対して税金がかけられます。最後の5番目は、この税引き前当期純利益から税金を支払った後に会社の手元に残った最終利益である**『税引き後当期純利益』**です。この5つの利益は、**『社会人の基礎知識1』**（36ページ）を見て下さい」

　黒木は面倒くさそうに書類を開く。

「黒木社長、いかがですか？」

「鏑木専務さん、なんだか複雑ね。利益の5種類は引き算だけだから、覚えれば理解できそうだけど、販売原価のところは納得できないわ」

「販売原価のところは、大切ですよね。社長、決算の期末に棚卸しをしますよね。お金と手間をかけて、なぜ棚卸しをすると思いますか？」

「それは、会社の資産である商品の在庫金額を正確に理解して、貸借対照表の商品の項目に書くためでしょう」

「社長、それは素晴らしい。その通りですが、もう一つ別な大きな目的があります。それが、**販売原価を確定するため**なんです」

「えーー、そうなの？」

「はい。ですが、一度に覚えては混乱するでしょうから、今日はここまでにしておきます。私は、これから店舗に行って西田店長と話をしてきます。また、明日から続きをさせて下さい」

机に戻り、いくつかの書類の整理をして午前中を過ごした。午後になり、本社のある2階から本店の店舗である1階に降りて行った。本社に比べて、店内は明るい。

店内の児童書売り場で、西田祐也《にしだゆうや》店長を見つけて話しかけた。

「西田店長、明るくて見やすい素敵なお店ですね。昨日は、大変失礼しました。早速現場に来ましたよ」

「鏑木専務さん、家はお近くと聞いていましたが、本店に来られるのは、初めてですか？」

口ごもってしまう。

「い……いや、そういう意味じゃなくて……、クイーンズブックスの一員となって改めて見て、そう感じているんです」

社会人の基礎知識 1

43期・42期比較▶損益計算書（P/L）

※決算期間一年間の利益と費用を表している。（単位：千円）

科目	43期 9月1日から 8月31日	売上高比率	42期 9月1日から 8月31日	売上高比率	前期比	前期差
売上高	1,789,000		1,808,000		98.9%	▲ 19,000
販売原価	1,377,000	77.0%	1,392,000	77.0%	98.9%	▲ 15,000
【売上総利益】	412,000	23.0%	416,000	23.0%	99.0%	▲ 4,000
給与手当	188,400	10.5%	186,700	10.3%	100.9%	1,700
賞　与	8,000	0.4%	8,000	0.4%	100.0%	0
福利厚生費他	19,000	1.1%	20,000	1.1%	95.0%	▲ 1,000
〈人件費計〉	215,400	12.0%	214,700	11.9%	100.3%	700
地代家賃	107,000	6.0%	108,000	6.0%	99.1%	▲ 1,000
〈家賃計〉	107,700	6.0%	108,000	6.0%	99.7%	▲ 300
水道光熱費	31,000	1.7%	31,000	1.7%	100.0%	0
旅費交通費	2,000	0.1%	2,000	0.1%	100.0%	0
通信費	4,000	0.2%	3,800	0.2%	105.3%	200
減価償却費	12,600	0.7%	14,000	0.8%	90.0%	▲ 1,400
その他	18,000	1.0%	18,000	1.0%	100.0%	0
〈管理費計〉	67,600	3.8%	68,800	3.8%	98.3%	▲ 1,200
〈販売管理費計〉	390,700	21.8%	391,500	21.7%	99.8%	▲ 800
【営業利益】	21,300	1.2%	24,500	1.4%	86.9%	▲ 3,200
受取利息	1	0.0%	1	0.0%	100.0%	0
雑収入	2,399	0.1%	2,499	0.1%	96.0%	▲ 100
〈営業外収入計〉	2,400	0.1%	2,500	0.1%	96.0%	▲ 100
支払利息	27,000	1.5%	29,000	1.6%	93.1%	▲ 2,000
雑損失	1,000	0.1%	1,000	0.1%	100.0%	0
〈営業外費用計〉	28,000	1.6%	30,000	1.7%	93.3%	▲ 2,000
【経常利益】	-4,300	-0.2%	-3,000	-0.2%	143.3%	▲ 1,300
特別利益	700	0.0%	3,500	0.2%	20.0%	▲ 2,800
特別損失	400	0.0%	500	0.0%	80.0%	▲ 100
【税引き前当期純利益】	-4,000	-0.2%	0	0.0%	-	▲ 4,000
法人税・住民税等	2,000	0.1%	2,000	0.1%	100.0%	0
【税引き後当期純利益】	-6,000	-0.3%	-2,000	-0.1%	300.0%	▲ 4,000

43期・42期比較▶貸借対照表（B/S）

（単位：千円）

【資産の部】（運用）					【負債の部】（調達）				
科目	43期	42期	前年比	前年差	科目	43期	42期	前年比	前年差
【流動資産】	379,000	389,000	97.4%	▲10,000	【流動負債】	379,000	443,000	85.6%	▲64,000
現金及び預金	21,000	22,000	95.5%	▲1,000	買掛金	190,000	232,500	81.7%	▲42,500
売掛金	3,000	3,000	100.0%	0	短期借入金	182,500	205,700	88.7%	▲23,200
商品	350,000	360,000	97.2%	▲10,000	未払金	3,500	3,300	106.1%	200
貯蔵品	3,000	2,500	120.0%	500	その他	3,000	1,500	200.0%	1,500
その他	2,000	1,500	133.3%	500					
【固定資産】	696,000	817,000	85.2%	▲121,000	【固定負債】	681,000	742,000	91.8%	▲61,000
（有形固定資産）	638,000	759,000	84.1%	▲121,000	長期借入金	681,000	742,000	91.8%	▲61,000
建物	385,000	402,000	95.8%	▲17,000					
構築物	126,000	152,000	82.9%	▲26,000	負債の部合計	1,060,000	1,185,000	89.5%	▲125,000
車両運搬具	15,000	32,000	46.9%	▲17,000	【純資産の部】				
器具備品	112,000	173,000	64.7%	▲61,000	【自己資本】				
					資本金	10,000	10,000	100.0%	0
					別途積立金	1,000	1,000	100.0%	0
（投資その他の資産）	58,000	58,000	100.0%	0	繰越利益剰余金	4,000	10,000	40.0%	▲6,000
差入保証金	58,000	58,000	100.0%	0	純資産の部合計	15,000	21,000	71.4%	▲6,000
資産の部合計	1,075,000	1,206,000	89.1%	▲131,000	負債及び純資産合計	1,075,000	1,206,000	89.1%	▲131,000

決算期末日（クイーンズブックスの場合は8月31日）時点で
お金をどこから「調達」して何に「運用」しているかを表している。　（単位：千円）

「……クイーンズブックスの一員ね」明らかに怪しんでいる。

ここは、反撃に出なければならない。

「昨日、売るにも理論が必要と話しましたよね？　今日は、それを少し具体的に説明します」

「ああ……、はい。簡単にお願いします。忙しいですから」

「分かりました。西田店長、本を売るために、その内容を簡単に紹介するＰＯＰ（商品と一緒に展示する小さなメモ）にメッセージを書きますよね。本屋だけでなく、いろんなお店がどうしてそうしているのかをご存知ですか？」

「そりゃあ、一目でお客様に内容を理解して興味を持ってもらうためだろう」

「その通りなんですが、それにもちゃんとマーケティング理論の裏づけがあるんです。**AIDMA（アイドマ）**と呼びます。お客様は、まず商品に『**気づき（Attention）**』、『**興味（Interest）**』を持ち、買いたいという『**欲望（Desire）**』が生まれ、『**記憶（Memory）**』し、『**購買行動（Action）**』に移ります。車でも、ボールペンでも、本でも、物を買われるお客様の心の中でこのＡＩＤＭＡが起きています。価格が安いものであれば、この一連のことが一瞬に起こり、高いものであれば、時間をかけてお客様の心の中でこの５段階が起きています」

「車とボールペンを買うお客の心理が同じかね？」

不審そうな声色で西田店長が聞く。

「例えば、レクサスのような高級車を買うとすれば、最初にＣＭや街中で見かけてレクサスに『気づき』ます。そして、お客様の気持ちに変化が起きれば『興味』に変わります。その『興味』は、時間と共に欲しい、買いたいという『欲望』になり、お客様に『記憶』され、レクサスの営業マンからのセールスで『購買行動』に移ります」

「へえ〜、そんなものかね」

「本屋の店頭にPOPを置くのは、お客様のこの購買行動を刺激して、販売に繋げるためなんです。つまり、POPを置けば、お客様に『気づき』が生まれます。そのPOPの言葉やイラストが良ければ、『興味』を持っていただけます。そうして、買おうかなという『欲望』が芽生えます。この一連のお客様の心の動きを促進刺激するのがPOPなんです」

「へー、そうなのかい。POPは、先代の社長から『お客様のお気持ちと本の特徴を繋ぐために書け!!』って厳しく言われて書いていたけど、ちゃんと理論があったのか……。勉強になりました。もしかしたら、先代の言葉を理論化すると、そんな話になるかもしれないね」と言ったあと、店長は足早に立ち去った。

まだ、話したいことはあったのだが、しかたない。今日はじっくり本店を見てみるか。


お店は全体で250坪、正面入り口から左側に書籍売り場が150坪、右側にCD売り場が50坪と文具雑貨売り場が50坪ある。

書籍売り場を歩いていて、以前から気になるコーナーがあった。

文庫売り場である。

商品が出版社別に全て陳列されている。自分の好きな著者で探そうとすると、とても探しにくい。文庫の棚の前で、働いている女性店員に声をかけた。

「あのう……、すみません。私は鏑木といいます」

本を整理する手を休めないで返事する女性社員のネームプレートには、「宮田」と書いてある。

「あー、あなたが噂の鏑木専務さんですか」

「噂のって……、どんな噂ですか？」

「そんなのパートの私が言える訳ないでしょう。どうぞ、私をクビにしないで下さいね」

「クビ？　誰がそんな噂を？　**『社員はコストなのか？　財産なのか？』**と問うたドラッカーという人がいます。僕は社員の皆さんを大切な資産だと思っています」

「鏑木さん、あなたが何をおっしゃっているのか、私にはさっぱり分かりません。ご用件は何ですか？」

「この文庫コーナーは、すべて出版社別に商品が陳列されていますが、どうしてですか？」

「そんなこと、私に聞かれても困ります。昔からずっとそうしていますし、どこの本屋でもそうしているでしょう？　なにか不都合はありますか？　お客様も慣れておられるし、私たちもこれが便利で楽なんです」

「ちょっと、待って下さいよ！　お客様が小説を買う時には、出版社でなくて著者で探すのではないですか？　東野圭吾でも池井戸潤でも百田尚樹でも、その作家のものを探してお買い上げになるでしょう。これらの人気作家は、いろんな出版社から本を出しているので、お客様は目当ての本を探せないことが起きますよね？」

「……専務さん、ご高説は分かりましたが、とにかくパートの私に言われても困ります。本屋は、昔からこうしていますし、少ない人員で売り場を回しています。これ以上、仕事を増やさないで下さいね。しばらくしたら専務さんはどうせ銀行に戻るのでしょう。現場のことは現場に任せてください。私は仕事に戻りますね」

でも、このままじゃ、目当ての本が探しにくいよな……。そう思いながら文庫売り場を離れようとすると、遠くの物陰から西田店長がこちらを見ていたのに気づく。

「……どうも、書店の常識は世間の非常識であるようだ」

午後のデスクワークを終えて、車を片町に走らせる。

今日は、久しぶりにＢＡＲ「白樺」に寄ってから帰ろう。

相変わらず道路は混んでいる。この時間、外はまだ日が残っている。

いつものビルのいつもの店に寄る。

「あら、健ちゃん。久しぶり。元気だった？」

ここは、昔から通うカウンターBAR「白樺」。片町にある雑居ビルの8階で、店内はブラウンを基調としたデザインでまとめられ、ほの暗い照明で落ち着いた雰囲気ながらも大きな窓から外が見える店である。

彼女は、女性バーテンダーの奈央子。年齢は不詳、長い髪を後ろに束ね、黒いパンツに黒のベスト、白いワイシャツに短めのネクタイがいつもの恰好である。

「健ちゃん、金沢銀行から本屋さんに出向になったんでしょう。お店に来た銀行の人から聞いたわよ。入行以来、人事部に審査部に本店法人営業部、大阪支店に金沢市内の主要支店の支店長をしていたエリート銀行マン健ちゃんも出向か。何かやっちゃったの？　昔から、喧嘩早くて一言多い人だったからね」

「奈央子は相変わらず、言いたい放題だな」

「何言ってるのよ。それが私の取柄でしょう」

美人で凛とした魅力的な彼女に言い寄る男は多いが、彼女の守りは、万里の長城のように固く高い。跳ね返された男は、言い寄った数と同じだけいる。私もその一人ではある。能登半島出身の女は一途で火傷すると言われている。本当は、跳ね返されてよかったのかもしれない。愛読書が三国志という女だから、大変な読書家である。源氏物語などの古典も読んでいて、いつも話に教養を感じる。

「慣れない本屋での仕事はどう？　健ちゃんも売り場に立ってるの？　見に行こうかな？」

「おいおい、勘弁してくれよ。第一、売り場には立ってない。デスクの仕事だけ。いや、掃除もするかもしれない。今朝は、社長にレクチャーしている時にも全員で掃除をしていたから。自分だけやらない訳にもいかない」

「ふーん。健ちゃんが掃除ね。まあ、中小企業だから、しかたないか。でも本屋って接客業でもあるでしょう。いいこと教えてあげようか？」

「何なんだい。教えてくれよ」

「飲み物は、いつものでいい？」

いつものアイリッシュウイスキー「ジェムソン」の水割りが出てくる。

「夜の水商売**『オヤジ殺しのサ行』**よ」

「オヤジ殺しのサ行？　何だいそりゃあ？」

「『さすがぁ～』、『知らなかったぁ～』、『素敵ぃ！』、『センスいい～』、『そうなんだ～』」

「面白いね。誰が考えた言葉だい？　まさか奈央子のオリジナル？　でも、本屋じゃ使えないよね」

「もちろん、私のオリジナルじゃないわ。広く知られた言葉よ。このままじゃ、本屋で使えないでしょうけれど、このサ行の本質は何だと思う？」

水割りを口に運んでいた手が止まる。

「本質？　誉め言葉？　いや、違うな……。お追従？　これも違う。ちょっと待ってくれよ。分かった！　誰でも持ってる人に認められたい気持ちの**『承認欲求』**だ」

「ご名答。そうね、承認欲求よね。その通り、人なら誰でも持っている感情。コーチングでもマズローの欲求5段階説でも出てくるわよね。お客様もみんな求めていらっしゃるのよ、承認を。**どんな人でも自分を大切にされたい**の。本屋は、これを接客や品揃えで満たしているかしら？」

「おい、急に酔いが醒めるようなことを言うな」

「そうね。でもね、私が本屋さんで『この関係の本ありますか？』って聞くと大抵は、『〇〇のコーナーに置いてあります。在庫があるだけです』でおしまい。あとは自分で検索するだけ。私たちは、在庫の有無を聞いてるのじゃないの。入手方法を聞いてるの。生活の課題を解決したいの。豊かな時間を過ごしたいの。知的欲求を満たしたいの。そのことを本屋さんは、理解しているかしらね」

沈黙するしかない私に奈央子は、さらに言葉を重ねた。

「ネット全盛の時代。ワンクリックで本が翌朝に届く時代に、なぜ人は街の本屋にくると思う？あ、健ちゃん、お代わりは？」

「お願いします。今度は、ロックで」ジェムソンのロックがチェイサーつきで出てくる。

「人が街の本屋にくる理由か？　そりゃあ、現物で内容を確認したいと思ってだったり、見知らぬ本との出会いを求めて……かな？」

「それを考えるのが、接客の本質ね。その接客の本質を守る。ずっと残る企業って何だと思う？」

「そりゃあ、お客様の思考や時代の変化に対応するものだろう」

「そうね、それも一つの正解だと思うけれど、一方で本物は変わらないけれど、ずっと残ってる」

「そうだな」

「健ちゃん、愛媛に行ったことある？　とっても素敵な街よ。金沢と違って、暖かいし雪に悩まされることもない。それに、人柄も温厚な方ばかり。街の中心部にお城があって、それを囲むように路面電車がゆっくり走ってるの。道後温泉から松山市の中心部までその路面電車に乗って10分ちょっと。食べ物もの日本酒も美味しいの。その上、実は冬にはスキー場もあるの」

「へー、愛媛にスキー場？　それは驚くね。それで、その愛媛と残る企業の本物ってどんな関連があるんだい」

「例えば、愛媛松山の道後温泉ね。１２０年前の木造の3階建ての温泉なの。エアコン設備が万全に完備されている訳でもないし、サウナがある訳でもない。それでも毎年多くの観光客が海外からも来るの。温泉の快適さもあるでしょうけれど、本物に触れたい気持ちが人を呼ぶと思うの。ここに来れば、小説『坊ちゃん』に書かれた世界を体験することができるの」

「へーー、そうなのかい。聞いただけでも、行ってみたくなるなあ」

「それから、同じ松山市の繁華街に『サントリーBAR露口』というお店があるの。昭和33年8月創業だから、もう50年以上のお店ね。柑橘系のカクテルも美味しいのだけれど、何といってもずっと作り続けるハイボールが名物。もう既に伝説のハイボールと言ってもいいわね。ここのご夫婦がとっても素敵なの。ご主人の露口貴雄さんが寡黙に作り、笑顔の朝子さんがにこやかにお客を迎えてくれる。質素だけど、贅沢な時間が流れていくの。ここもお酒を飲むだけじゃない、何か本物があるんだと思うわ。本物には、他を寄せつけない圧倒的な強さがあるの」

「どれだけ、美味しいハイボールが飲めるんだろう？　松山に行ったら、絶対に寄らなくちゃな。奈央子、もう一杯お代わり」

「健ちゃん、聞いていい？　それじゃあ、クイーンズブックスの本物の強みって何？」

突然の質問に私は、うろたえた。

「今日は、奈央子にやられっ放しだな。お客様がネットでは味わえないものを提供することこそが、本屋の生き残りかもしれないなあ……」などとお茶を濁したが、それからしばらくは、その答えを酔った頭で考えていた。


いつもは、これくらいでは酔わないのだけれど、朝からバタバタしていて、オマケに奈央子に言われ放題。ちょっと、疲れたから帰るかな……。

今夜も奈央子と刺激的な会話だった。さあ、代行を呼んでもらって、家に帰ろう。

第2章◉お客様は「神様」です

「黒木社長、ちょっといいですか?」

翌朝、出勤した私は、先に出勤しデスクワークをしていた黒木社長に、朝から時間をもらおうと声をかけた。

「水曜の朝は忙しいから、後にして下さらない? ちょっとってどれくらいかかります?」

「そうでしたか……、それは失礼しました。そうですね1時間くらいですかね」

「分かりました。では10時からでお願いします。それまで、専務さんも駐車場の掃除をして下さらない? クイーンズブックスは、全員で掃除をするのが社風なの。もちろん、私もやります」

「私も掃除? もちろんです。私もクイーンズブックスの一員ですから、喜んでやらせていただきます」


車が200台は楽に駐められそうな広い駐車場に出てみると、散り始めた桜の花びらの他に、お菓子やアイスの袋に空き缶、それに吸い殻まである。自分の他に誰もいない。今日は、一人でここを掃除するのか……。

ゴミ箱の中には、どう見ても家庭から持ち込まれたものとしか思えない大きな袋もある。もしかすると、冬にはここを雪かきするのか？　考えただけでもぞっとする。大きなゴミを拾うだけの手抜きの掃除を終えて、事務所に戻る。


「黒木社長、昨日の続きの話をしましょう。今日も社長室でお願いします」

二人で社長室に移動すると、社長が話を切り出す。

「今日は、昨日から気になっている販売原価の出し方について教えて下さらない？　今までは、扱い商品が本中心だったから、仕入れ先である取次会社のトーリューからの仕入条件は一定なので、販売原価なんてあまり気にしなかったけれど、最近は商品や時期によって仕入値の違う文具や雑貨も扱うようになって、販売原価は大切だろうなあ、と思いながら理解できてないの」

ファイルから書類を取り出して黒木に見せる。

「それでは、**『社会人の基礎知識2』**を見ながら話を聞いて下さい。基本的な式はこれだけです。期首在庫金額[注4]に当期仕入額[注5]を足して下さい。その合計金額から期末在庫金額[注6]を差し引いた金額が販売原価です。販売原価とか売上原価とかいろいろ言いますが、同じものです。さて、表で説明します」

表を読んだ黒木が、ちょっと驚いた声色で言う。

社会人の基礎知識❷

販売原価の計算方法

※流通業の場合

期首在庫金額＋当期仕入額－期末在庫金額＝販売原価（売上原価）

決算が始まる 最初の在庫金額	＋	1年間に 仕入れた金額	－	決算が終わる 最後の棚卸金額

例）年間売上高1,000万円のお店の販売原価の計算方法

	期首在庫額		当期仕入額		期末在庫金額		販売原価	原価率
Ⓐ	300万円	＋	800万円	－	300万円	＝	800万円	80%（利益率20%）
Ⓑ	300万円	＋	800万円	－	400万円	＝	700万円	70%（利益率30%）
Ⓒ	300万円	＋	800万円	－	200万円	＝	900万円	90%（利益率10%）

Ⓐ ※期首も期末も在庫金額に変化がない

Ⓑ ※期末の在庫金額が100万円増えている

Ⓒ ※期末の在庫金額が100万円減っている

○原価率の出し方……販売原価 ÷ 年間売上高 ×100＝原価率(%)

※製造業の場合は、ラインワーカーの人件費も原価に含むなど、上記と相当異なる計算式ですが、棚卸をする基本的な考えは同じです。

「キツネにつままれた心境。これだけなの？」

「詳しく言い始めるとキリがないですが、基本的にはこれだけです」

「じゃあ、昨日話をしてくれたケース1で説明して下さる？」

「では昨日のケース1の店舗が、期の初めに在庫金額が300万円あったとします。これを期首在庫金額と言います。この300万円にその期に仕入れた金額の800万円を加えます。合計で1100万円ですね。ここまでは、いいですか？」

「バッチリです」

「さて、この同期間に1000万円売れています。この1000万円は年間売上高ですね。棚卸した期末在庫金額は300万円でした。これを式に当てはめてみると、300万円（期首在庫金額）＋800万円（当期仕入額）－300万円（期末在庫金額）になります。販売原価は800万円になりますよね」

「確かにそうね」

「だから、年間売上高は1000万円で、販売原価が800万円。利益は差し引きの200万円になります」

「うーーん……なんだか騙されているみたい」

「大丈夫です。思いっきり単純化していますが、正しく説明しています。販売士2級試験という資格試験がありますが、このレベルの理解で合格できます」

「まあ、自分で復習してみるわ」

一応の説明が終わる。これで分かりにくけりゃ、売るほどある本を買って下さい、と一人密かにつぶやく。

「社長、それがいいです。あ、そろそろ私は、小松店に行く時間です」

「いってらっしゃい。気をつけて」


階段を降りて、1階の売り場を通り駐車場に向かう途中、店内で声をかけられる。西田店長だ。

「鏑木専務、困るんだよね。あんな仕事ぶりでは」

近づいて来て、私の近くで怒りを含んだ小さな声で、話を始める。

「なんのことですか？　僕はいつも仕事に一生懸命ですよ」

「今朝の駐車場の掃除は専務ですよね？　駐車場の側溝の空き缶は拾いましたか？　お客様入り口付近に水撒きしましたか？　してませんよね。困るんですよね……、中途半端な仕事は。また、自

［注4］**期首在庫金額**　その期の最初にある在庫の総額。
［注5］**当期仕入額**　ある一定期間に会社が商品の販売の為に仕入れた金額の総額。
［注6］**期末在庫金額**　その期の末にある商品の在庫の総額。前期の決算期末棚卸し高は、そのまま今期の期首在庫高となる。つまり、8月31日期末の前期末在庫は、そのまま9月1日の今期の期首在庫金額と同じである。

分たちでやり直しですよ。仕事しながら、私たちの仕事を作らないで下さいね」

「俺は、金沢銀行の支店長だった男だぞ。そんな駐車場の側溝の空き缶まで知るか！」と言いたくなるのを飲み込み、こう頭を下げる。

「そうでしたか……、以後気をつけます」


重たい気持ちで小松までのハンドルを握る。

なぜ、俺は本屋に出向になったんだろう？　答えの出ない自問自答が始まる。それに、これだけ敵意むき出しの連中に囲まれて、このクイーンズブックスを再生して、金沢銀行が貸し込んだ資金を回収なんて、できるのだろうか？　もう、投げ出したくなっている。いやダメだ、もうひと踏ん張りだ。

金沢の冬の空は、長い間曇天が続くが、春になると一転してとても気持ちのいい日々が続く。川沿いの桜の美しさが見える。鳥たちのさえずりも聞こえてくる。車の窓を少しだけ開けると、気持ちのいい風が車内に吹き込んでくる。


金沢から小1時間ほどで小松店に着く。ここも典型的な郊外型の書店である。本店と同じように、本の他にＣＤに文具や雑貨も扱っている。駐車場に車を駐め、中に入るととても明るい声が響く。

「いらっしゃいませ」笑顔で迎えてくれるその店員に尋ねてみる。

「私は、月曜からクイーンズブックスの一員となりました鏑木と言いますが、店長さんはおられますか？」

一瞬怪訝そうな顔を見せて、射るような視線で私を見る彼女の口からこんな言葉が出た。

「あなたが、噂の鏑木専務さんなのね。どうか、私をクビにしないで下さいね。それと、小難しい話もダメです。唐戸《からと》店長なら奥の専門書売り場にいます」

「あ、ありがとうございます。ところで……小難しい話って、なんのことですか？」

「昨日、本店の文庫担当のパートの宮田さんに、何やら難しい話をされたそうだけど、難しい話は、私たち願い下げなんです。学んで成長しようとは思いますが、現場を知らない銀行の方の話って、本屋で役に立ちます？　本屋って特殊ですよ」

昨日の本店のパートとの話まで、もうこの店にまで届いているのか……。

「そうですね。お役に立てるよう頑張ります」

「金沢銀行から来た専務さんが、私たちのお役にね……。はい、はい。お願いします」

奥に進むと、棚の本を整理している、背格好が私と同じくらいの唐戸定夫《からとさだお》店長を見つける。

「唐戸店長、鏑木です。歓迎会ではありがとうございました」

プロフィールによると、彼は新潟大学を出て、食品メーカーから先代社長に誘われ、中途入社でクイーンズブックスに入り店長をしている。銀縁眼鏡をかけていて、ちょっと神経質な感じもあるが明らかに理知的にも見える。話をしてみると、実際大変な理論家だった。

「鏑木専務さん、忙しいでしょうにわざわざ小松店までようこそ」

「入社したばかりなので、現場である店舗を回っています」

「そうでしたか、いい心がけですね。ところで、社長には決算書の読み方を教え、現場では、マーケティングについてご高説を垂れているそうじゃないですか。評判ですよ、『首切り鏑木』専務って」

また、ここでも「首切り鏑木」か。

「どうして、そんな評判が立つんでしょうかね。ドラッカーの至言である**『従業員は、コストでなく財産である』**とは思っていても、そんなことは、微塵も思っていませんよ」

「そうはいってもクイーンズブックスは、金沢銀行に大きな借り入れがある。そこから出向して来たあなたは、資金回収が使命。図星でしょう？」唐戸店長が、厳しく切り込んでくる。

「ちょっと待って下さい。借入金の返済は、企業の義務でしょう。ですが、それは首切りだけの単純なコストカットだけで成り立つものではありません。まずは、本業の回復と業務の見直しによるコスト削減で収益を上げる。そのためには、決算書の知識とマーケティングの知識が不可欠です」

月曜日の「歓迎会」で話したことを繰り返す。

「まあ、いいや。それで、今日は私にマーケティングについて何かご高説を聞かせて下さるのかな？」

店奥の店長室に移り、話を続ける。

「マーケティングの定義は沢山ありますが、私なりにマーケティングを一言で言うと、**『モノが自動的に売れる仕組み作りのこと』**だと思います」

すこし思案気な唐戸店長の表情が気になる。

「『モノが自動的に売れる』ということは、それを学べばすぐにも本が売れるようになる訳ですね。もらった『社会人の基礎知識』を帰って読んだけど、分からなかったな」

「はい、そんな単純なものではありませんが、なぜモノが売れるのかを学ぶことができます」

この人は、読んでいてくれたんだ。少し、勇気が湧いてきた。

「ふーん、そんな理論なんてあるのかね？」

「まず、**4P**という理論があります。店長もモノを買う時には、最初に、**商品（Product）**そのものを意識されるでしょう。次に**価格（Price）**を意識されるでしょうそして、その商品はどんな**流通ルート（Place）**で仕入れて、どんな**販売促進方法（Promotion）**がありますか？　この4要素を4Pと言います」

「4Pね……。分かり切ったことを難しく理論化しているだけに思えるな」

本質を突く唐戸店長との会話が弾む。

「確かにそうかも知れません。しかし、この4Pを常にお客様視点で考えることが大切なんです。本が送られてきたからただ並べている、なんてことはないですか？　本屋は、出版社の販売代理人ですか？　それとも読者の購買代理人ですか？」

少し、考えてから唐戸店長は答える。

「その双方の出会いの場を作るのが、本屋の本質的な役割だろう」

「セレンディピティーですね」

「**セレンディピティーか……。『誰もが持つ偶然の幸運を発見する能力』のこと**だな」

「唐戸店長、さすがご存知ですね。ネット業界の雄であるガンジスを始めとするインターネット書店でワンクリックすれば、欲しい本が翌朝には届く時代において、街の本屋の役割って何ですかね？」唐戸店長は、それに答えずに新たな質問で返してきた。

「鏑木専務、面白いことを教えてあげよう。本屋に来る人の何割くらいが購入客になると思う？」

「この忙しいご時世に、車で郊外型の書店まで来て立ち寄るのだから……、そうですね、5割か6割ですかね？」

「不正解！　まあ3割だな。逆に言うと7割のお客を逃しているのが、今の本屋だな」

この話に私は、少なからずも驚いた。

「本屋は、何と恵まれているのですか。他の小売業は、その見込み客が来なくて困っているのに、本屋には買ってくれる3倍以上の見込み客が来ているのですか……」私は、この時、本屋の未来に初めて希望を持ったのかもしれない。

「四国の本屋のチェーンの社長が言っていたよ。そこも郊外型の書店のチェーンだそうだ。日々のレジ通過客が平均で2万5000人。だから、毎日その3倍の7万5000人は来店客がいるってことになる。それは、毎日5万人のお客を逃している計算になる。その本屋の全国占有率は1％だそうだから、日本の本屋業界は、毎日500万人のお客を逃しているんだな。単純に計算すると月に1億5000万人のお客が本屋に来ては、何も買わずに帰っていることになる」

「何という機会ロスですか！」私は、次第に唐戸店長の話に引き込まれていった。

「この立ち読み客こそ、日本の本屋に残された最後にして最大の財産なんじゃないのかな？　ただ、本を読む日本人のインテジェンスの高さに本屋が甘えていられる時間も、そう長くはないと思う」

「そうですね。本屋は危機的状況であると同時に、大きな挑戦のチャンスも残されている、とも言えますすね」

「お客様は裏切らない。本屋がお客様の期待を裏切っているだけだ」

「唐戸店長。その言葉こそ本屋におけるマーケティングの本質かもしれないですね」

「鏑木専務、仕事が引けたら今夜、飲みに行くかい？」

「喜んで、ご一緒します。じゃあ、車を置いて7時に片町で」

「あんた、本屋がそんな早い時間に行ける訳ないだろう。まあ、小松からの移動時間を考えて9時に待ち合わせしよう。本屋の店長に求められる一番必要な資質について話をしてあげるよ」

市の中心部の片町に偶然、お互いが知っている店があった。そこで待ち合わせることにする。

小松から、急いで金沢の本社に戻ると6時を回っていた。自宅に帰り、車を置いてバスで香林坊まで出かける。金沢も新幹線が来るようになって、観光客が増えたな。テレビや雑誌で紹介されたお店には、行列までできている。

少し歩いて片町の「おでん三幸」に入る。唐戸店長の行きつけらしい。私も何度か来たことがある。ここの出汁の利いたおでんは、体も心も温めてくれる。

先に、ビールを頼み、加賀野菜の源助大根を注文する。

「お待たせ」唐戸店長が勢いよく入ってくる。

「専務、この時期までよく源助大根があったものだね」

「今年は、寒かったですからね」

「この店は、素材もいいけれど、仕込みに時間をかけて美味しいものを作ってくれますよ。専務、『お客様は神様です』って言葉を聞いたことがあるかい？」

「そりゃあ、昭和の演歌歌手、三波春夫先生の言葉でしょう。お客様は、神様のように大切にしなくちゃならないって意味の」和服姿の三波春夫を思い出しながら答える。

「それは、この言葉の一面であってね、本当はもっと深い意味があるんだ」

「なに？　なに？　それって？　気になるなあ」私の興味をそそる言い方をする。

「もう一つの意味はね、**お客様は神様のように、こちら側の見えない努力も手抜きも見抜いてしまうし、それに沈黙をもって答えて下さる。**だから、売り手が真摯に努力すれば、お客様は黙って買って下さるし、手抜きをすれば、黙って立ち去り二度とお越しにならない」

ちょっと、沈黙するしかなかった。

「……その話って、相当に深いですよね」

手抜きを許さないか……。朝の駐車場掃除で、私の手抜きに怒った西田店長の顔が目に浮かぶ。

「だからこそ、今日店で話をした『お客様は、裏切らない。本屋がお客様の期待を裏切っているだけだ』は、今の本屋に突きつけられている大きな課題なんだよね」

「唐戸店長、どうして本屋って抜本的には変われないのかな？」

「それは、曲がりなりにも毎日たくさんのお客様にご来店いただくし、売上の落ち方も急激じゃなくて、毎年5％とか3％とか少しずつ落ちている**茹でガエル状態**だからさ」

「茹でガエルね。**熱湯なら飛び出すけれど、お湯が徐々に熱くなる鍋の中では変化に気づかずに対応が遅れる**ってやつだね」

「その通り。アインシュタインの言葉に『**愚かさとは、昔ながらのやり方を繰り返しながら、違う結果を求めることである**』というのがあるだろう。本屋はまさにこの状態だね。本屋は、俺たちが高校生の頃に通っていた本屋と本質的には変わっていない。つまり長年にわたってイノベーションが起きていないんだ」

「でもレジだって、昔の価格だけを打つものから、商品のバーコードを読ませて、単品管理ができるＰＯＳレジに変わったでしょう。それに、本の発注方法だって昔に比べて大きく変わった」

「それは、オペレーションに過ぎないよ。それにＰＯＳレジだって大手書店は自分で売れ行き分析していけれど、俺たち街の書店の大半は、情報を圧倒的に持つ仕入先である取次のトーリューと日流《にちりゅう》に分析してもらっているのさ」

「じゃあ、発注方法は、どうですか?」頼んでいた、おでんの追加が出てくる。

「親父さん、熱燗2本ね」二人とも日本酒を注文する。

「以前は、本に挟まれた注文用の紙、スリップというのだけれど、これを郵送していたり、ファックスだったり、電話注文だったりしたのが、今じゃネットでの注文になってはいるけれど、それもトーリューとか日流側のイノベーションであって、本屋のイノベーションじゃない」

「なるほどね。じゃあ、本屋に必要なことは何ですか?」

「今の街の本屋に求められているのは、『売り方・売り先・売るもの』を抜本的に変えてゆくイノベーションさ」

うーーん。いいこと言うなあ。あ、いかん、いかん。マーケティングについては、自分が教える立場なのに、完全に追い込まれている。何か反撃しなければ。

「唐戸店長。**『〇〇屋さんは、潰れる』**というのを聞いたことがありますか?」

「なにそれ?」

コップに注がれたビールに大根、卵のおでんを頬張りながら、聞き返してくる。

「旨いなあ。続けて下さい。専務さん」

「それは、街から八百屋さんがなくなり、肉屋さんがなくなり、薬屋さんがなくなり、酒屋さんがなくなり、米屋さんがなくなりました。言うまでもなく本屋さんも、このままではなくなります」

「そりゃそうだ。モノを売る業種店は消え去る運命にあるものな」

「そうです。でも、酒屋さんはコンビニになり、薬屋さんはドラッグストアになりました。本屋さんは、どうなっていくんでしょうね？　これだけ落ち続けている中で、過去の延長線上に未来がないことだけは確実ですからね」

熱燗が出てくる。

「本屋は、本を売る業種店から、何をどんな風に売る業態転換をしていくのかね？」

「さあ、それが分かれば苦労はないですよね。さて唐戸店長、ここで質問してもいいですか？」

「何ですか？」

「本屋って、いったい何を売っているんでしょうかね？」

「その質問の意味は何？」

「コンビニは便利を売り、ドラッグストアは健康を売り、東急ハンズやロフトは生活のヒントを売っています。さて、本屋は何を売っていますか？」

「うーーん。その答えは、少し考えさせてくれ」

よし、よし、これで少しは反撃できたぞ。

「ところで店長、話してくれると言っていた『店長に必要な資質』について、聞かせて下さいよ」

「それもまた今度だな」

それから、熱燗を酌み交わしながら、野球の話やらサッカーの話でも盛り上がる時間を持った。クイーンズブックスに来て、初めてくつろいだ時間が過ぎてゆく。

ここは、私が勘定を済ませる。「あら、悪いね」と唐戸店長から言われる。

店を出ると「また来よう」と思う店である。今日は、舌も心も満足した。丁寧な仕事ぶりをうかがわせる料理の数々に、そつのない笑顔の接客、行き届いた掃除に季節感あふれるメニュー内容。繁盛店の条件が揃っている。そして、何より唐戸店長との話が一番の御馳走だった。

片町で唐戸店長と別れて、終バスに乗る。ほろ酔い気分で座っていると、中吊り広告に目が留まる。

ダッシュ・イレブン北陸地区、オーナー様募集説明会を金沢全日空ホテルで開催。

なぜか。心が動く。

「コンビニ業界最大手のダッシュ・イレブン説明会か……。なにか参考になるかもしれない。説明会に行ってみよう」

この広告に目が留まったことが、この後に大きな事態になることを私は、まだ知らない。

第3章◉クレーム対応

愛車マークXで本社に近づくと、駐車場に駐めようとしている黒木社長の水色の軽自動車を見つける。急いで、隣に駐車する。

「黒木社長、おはようございます」

出勤4日目、木曜の朝である。駐車場から、事務所まで歩きながら話をする。

「鏑木専務さん、おはようございます。昨日の小松で唐戸店長との会話は、弾みましたかしら？　彼って、ちょっと気難しい所があるけれど、とっても優秀な店長なの」

「そうですね。楽しい時間でした。さて社長、今日もお時間よろしいですか？　今日は減価償却についいて、ご説明させていただきます」

「減価償却ね。よく聞くけれど、その実態や本質を理解してないの。教えて下さるのね？」

少し、思案顔の黒木社長。

「分かりました。10時からなら大丈夫です。それでは奥の社長室で」

「了解です。まずは、今日も広い駐車場の掃除をしてからです」

「専務さん、毎朝大変でしょう？　無理されなくてもいいですわよ」

「いや、ここは西田店長との沈黙の戦いなんです。負けられません」

「沈黙の戦い？　何ですのそれ？」

「社長、ご心配なく」

「……心配だわ。専務と本店店長の戦いなんて。とにかく仲良くお願いします」


上着だけ事務所に置いて、駐車場に向かう。今日は、気合を入れて掃除に専念する。溝に空き缶が落ちていないか？　入り口の水撒きは万全か？　今日は西田店長に文句を言わせないぞ。


「それでは黒木社長、今日は減価償却について説明させていただきます」

10時前には事務所に戻り、社長室に入るなり、黒木にそう声をかける。

「ありがとう。何となく分かっているような、全然分かっていないような感じなの減価償却って。損益計算書に出てくるけれど、この正体が分からなくて」

「まさに減価償却こそ、決算書の理解度を示すリトマス試験紙ですね。これが分かっていなければ、決算書の読み方は理解できていないことになります」

「ふーん、そうなんだ。じゃあ、私は理解できてないわ」

「まず、**『減価償却費』とは、お金の支払いとは、別に考える経費のこと**です」

「支払うお金と経費が別？」

怪訝そうな社長の顔じゅうに「？」マークがついている。

「さて、始めましょう。会社でパソコンを40万円で買ったとします。このパソコンは4年使えるものとします。電気屋さんには、この代金を今年全部支払います。ここまでは、いいですか？」

「ええ、分かります」

「**この40万円のパソコンは、4年も使えるのだから、コスト（経費）としても、4年で分割して、毎年10万円ずつで経費計上しよう**とするのが減価償却の考え方です」

「ということは、実際に支払うお金と経費として計上する額が違うということなの？」

「まあ、そういうことです。昨日、『利益とキャッシュは別』の話をしましたよね」

昨日の話を懸命に思い出そうとする社長の横顔が可愛い。少し、驚く。

「ここでも『**経費とキャッシュが別の概念である**』**という認識を持つことが、決算書を理解する上では大切**なんです」

「専務さん、つまり会社で実際に買ったり売ったりして、出たり入ったりするお金と決算書に計上するお金が違うってことなの？」

「社長、全くその通りです。経費の場合は、減価償却費がその典型です」

「何年かに分けて、経費を計上するルールはあるの？」

「はい、あります。この分割する年数は、パソコンなら4年ですが、自動車なら6年。エレベーターなら17年。鉄筋コンクリートの建物なら50年などと、法定耐用年数が細かく決められています。さらに、説明を分かりやすくするために、ここでは単純に法定耐用年数で割る『定額法』で計算しましたが、モノによっては、一定の割合で計算する『低率法』も使われます。ただ、こういった細かなことは、それこそ税理士さんにお任せすればよくて、経営者として知っておくべきことは、**決算書上において、この経費を数年に分けて分割計上する減価償却の考え方**です」

「どうやら、ここがポイントのようね」

「そうです。以前にお話しした販売原価の出し方と、この減価償却を理解できれば、決算書の中の損益計算書についての入門編は卒業です。詳しくは**『社会人の基礎知識3』**に書いておきましたから、読んでおいて下さい」

続けて黒木に尋ねる。

「社長、昨日お教えした『利益の5種類』を覚えていますか？　復習のために、もう一度お願いします」

「分かったわ。いくわよ。売上高から販売原価を引いた売上総利益（粗利益）。そこから減価償却や人件費等も含む販売管理費（経費）を引いたのが営業利益。さらに、その営業利益から本業以外に儲かった利益（例えば、店の外に置いてある自動販売機の利益など）を加えたり、本業以外でかかった経費（例えば、銀行に支払う金利など）を差し引いて出したのが経常利益。さらにその年に限って儲かったり、損したりしたものを足したり、差し引いたりして出したのが税引き前当期純利

社会人の基礎知識③

減価償却費の考え方

20XX 年（39 期）に 40 万円のパソコンを買いました。このパソコンは 4 年間使えます。だから経費も 4 年間の分割で計上します、という考え方です。

	実際のお金の支払い	損益計算書での経費	残りの資産価値
39 期	40 万円	10 万円	30 万円
40 期	0 万円	10 万円	20 万円
41 期	0 万円	10 万円	10 万円
42 期	0 万円	10 万円	0 万円

会社の資産として購入するものに対して、損益計算書で分割して経費が計上されます。分割年数は、モノによって法律で決められています。また買ったものは資産として貸借対照表に記載されますが、当初の資産価値は経費で差し引かれた分だけ下がっていきます。

※減価償却費の考え方を分かりやすくするために、「定額法」で表現しています。

益。それから税金を支払った残りが税引き後当期純利益なのよね」

「黒木社長、素晴らしい。そうです、全くその通りです。どうやら、損益計算書の考え方は、ご理解いただいたようですね」

「これで、終わりなの？」驚いた様子の黒木社長。

「細かく言えば色々とありますが、経営者としては、この損益計算書が作られる考え方さえ理解しておけば、銀行と交渉する時に強力な武器になります」

「そうよね。銀行さんとお話する時は、いつも怒られてばかり、その上に何で怒られているのかも本当には理解していなかった気がします」

　これで少しは、決算書のアレルギーは、解消されただろうか……？

「大丈夫です。銀行がどこを見て貸し出しを決めているかもお教えします」

「知りたいなあ。担保があるとかないとかだけじゃないの？」

「そりゃあ、担保の有無もありますが、銀行マンは決算書のあるポイントを見ています。早い話**『資金繰りは銀行の役目』**で**『利益を出すのが経営者の役目』**です」

「え？『資金繰りは銀行の役目』ですって？」

　今まで、資金繰りにばかり追われていた社長にしてみれば、驚天動地の話かもしれない。

「はい、そうです。『利益とお金は別』や『経費とお金は別』と言いましたよね。だから、利益が出てもお金がなかったりします。この時間差を埋めるのが銀行の役割でもあります」

「時間差って何かしら？」

「例えば、ある商品が売れて儲けもあるけれど、そのお金を支払ってもらうのは来月。その商品を仕入れたお金の支払いは、今月末とします。これが、まさに**利益はあるけれどお金がない**状態です。この時間差を埋めるのが、基本的に銀行の役割です」

「ふーん、でも銀行ってなかなかお金貸して下さらないわよ」

「社長、銀行から借りたお金を返すのは、金利と元金（借りたお金）があります。金利は経費として損益計算書の支払利息として経費計上します。それでは元金返済の原資（元手の意味）は、会社経営のどこから返すと思われますか？」

「そりゃあ、売上でしょう」

「不正解」

「そうか、利益だわ」

「そうですね。利益から返済するのですが、5種類の利益がありましたよね。会社が借金を銀行に返すのは、どの利益からだと思いますか？」

「社長、5種類の利益の中で、会社が自由に使える利益は、どれだと思いますか？」

「どれだろう？」また、中空を眺めて考える黒木社長。

「会社が自由に使えるものね。えっと……それは、すべての経費を差し引いて、税金も支払った『税引き後当期純利益』だわ」

「そうですね」

「実は、その**『税引き後当期純利益』に今説明した『減価償却費』を加えたものが、借入金返済の原資（元手）**になります」

「どうして？　どうして？」全く納得のいかない様子である。

「いま、説明したように『減価償却費』は、既にお金として初年度に支払い済みです。だけれど損益計算書では、経費に計上だけしています。逆にいうと、計算書上では経費に計上されているけれど、実際にお金は出て行ってないことになります」

「ああ、そうか……」

「会社が銀行から借りた元金返済の原資（元手）は、損益計算書の『税引き後当期純利益』に『減価償却費』を加えた額になります。だから、銀行は過去数年間のこの金額の合計額と銀行に支払ってもらう年間元金返済額を見ています」

「鏑木さん、分かったような気がします。続きはまたにしてくださる？」

「了解しました。今日は、ここまでにしましょう。明日からは、貸借対照表についてご説明いたします」

「貸借対照表ね……。あれって訳が分からなくて、大嫌い」

「大丈夫です。とっても簡単な構造でできていますから、また明日から始めましょう。また、売り場に行ってきます」

決算書の見方を随分理解してくれるようになった。企業の再生は、**社長の決算書への理解から始まる。**売り場に行こうとドアに手をかけた時に、黒木社長から声がかかる。

「それから、今日の夕方に仕入先のトーリュー北陸支店長・庄林さんが、鏑木専務さんに会いたいそうで来られるの。お時間ありますか？　無理なら、変更してもらうようにしますけれど」

「分かりました。大丈夫です。私も是非お会いしたいと思っていました」

仕入先トーリューの北陸支店長か。聞きたいことは、山ほどある。

今日は、掃除を丁寧にしたし、西田店長に文句を言われることもあるまい。安心して階段を降りたところに、西田店長が近づいて来た。

「鏑木専務さん、今日の掃除についてですがね。入り口付近のゴミ箱は片づけましたか？　迷惑客が昨夜に持ち込んだ家庭ゴミが残ったままでしたよ」

「ゴミ箱の家庭ごみ？　そんな話は、聞いてませんよ」

「ふーん、聞いたことしかやらないのが、元金沢銀行支店長の仕事ぶりなんですか？」

「いや……、そんな訳じゃ」

「お願いしますよ。本屋だけじゃなくて、小売店でも飲食でも店を構える者にとって掃除、クリンネスは、とても重要だとは思いませんか？　しっかりと、やって下さい」

「分かりました。確かに、小売業にクリンネスは重要です。明日からはしっかりとやらせてもらいます」

昨日のおでん屋「三幸」の綺麗な店内を思い出す。

またしても、掃除で叱られた。くそー、今日も戦いに負けた。しかも、言い合いで負けた。悔しいなあ。西田店長は、何かと目の敵にして攻めてくるなあ。いつか、必ず反撃してやろう。

さあ今日は、まだ行っていない店舗に行くことにしよう。


2階の本部事務所に戻り、羽咋《はくい》店に行くことを女子社員に告げる。

羽咋店までは、国道8号線を使って行くが、昼食は途中の8番らーめんにする。8番らーめんは、石川県民ご用達のラーメンで、ラーメンと言えば8番らーめんである。私は、野菜味噌ラーメンが大好きである。舌も心も満たされる。

8番らーめんは1967年に石川県加賀市で創業している。北陸の国道8号線を中心に国内でも140店舗以上も出しているが、驚くのは海外への進出で、タイへも100店舗以上出店している。日本の雪国と南国のタイが8番らーめんで繋がるなんて、面白いなあ。

8番の野菜味噌ラーメンを食べ、そこから、羽咋の海岸の「千里浜なぎさドライブウェイ」を通る。日本ではここだけの、どんな車種にも関係なく砂浜を走ることができる海岸である。社用車のカローラフィルダーでここを駆け抜ける。夕方になると、海に沈む夕日の眺めも素晴らしい。昔に比べて、この渚が小さくなっているように感じるのは気のせいだろうか？

さて、羽咋店の高橋和子店長は、東京女子大出の才媛《さいえん》。英文科を出て金沢市内で中学の英語教師をしていたが、両親の介護で実家のある羽咋市に戻り、職を探す中で先代社長に見いだされ、クイーンズブックスに入社したそうだ。娘さんが三人いるそうだが、離婚されて旧姓に戻っているらしい。歓迎会では、ゆっくり話ができなかったが、どんな人物だろう？

天気も悪くなってきて、雨が降りそうだ。北陸では、「弁当忘れても傘忘れるな」と言われるくらいに天気が変わる。車を駐車場の店の入り口近くのスペースに停める。

「こんにちは。店長さんいらっしゃいますか？」

棚で本を整理している女子店員に声をかける。

「はい、店長の高橋です。ようこそ、鏑木専務さん」

「あっ、高橋店長じゃないですか。歓迎会の時は髪を束ねずにいて、私服でしたよね、今日は髪をまとめ、制服だったから分かりませんでした」

周りの女子店員たちは、私たちを遠くから見ている。決して目を合わせようとしない。店の中は、整然としているが、気のせいなのか活気が感じられない。

「鏑木専務さん、まずお話があります。この天気が悪くなりそうな時にご自分の車を店の入り口近くにお停めになったでしょう？　申し訳ないですが、あそこはお客様がお駐めになる所です。関係者は入り口から遠い所に駐めるのが常識です。すぐに移動して下さいますか？」

私は、自分の不明を恥じた。

「申し訳ありません。すぐに移動します」

車を駐車場の端に移動し、店内に戻ると、店長は近くにいたスタッフに声をかけた。

「木村さん、お店をお願いします。私は専務さんと店長室で打合せがあります」

声をかけられた店員からは、特に返事もない。これは、どうしたことなんだ？


店長室に移り、話を始める。

「店長、お名前の高橋和子さんが気になっていたのですが、もしかすると、ご両親が作家の高橋和巳を意識されてのお名前なんですか？」

「あら、よくお分かりですね」

驚いた様子と共に、高橋店長に笑みがこぼれる。

「以前は、よく言われる時もありましたが、最近では言われなくなっていました。実は、そうなんです。亡くなった父の書斎には、黄色の箱に入った高橋和巳全集が並んでいます。父は、あの誠実な作風が大好きだったようですね」

「そうでしたか、実は私も高橋和巳の愛読者です。『我が心は石にあらず』、『悲の器』、『憂鬱なる党派』、『孤立無援の思想』。どれも、むさぼるようにして読みました。私の本棚にも高橋和巳全集がありますよ」

学生時代に出会い、最初は新潮文庫で読んでいたことを思い出す。

「ふーん、専務さんって意外と読書家なのね。その読書家の専務さんが羽咋までどんなご用かしら?」すこし用心する感じで尋ねてくる。

「いや、特に用事がある訳ではないのですが、やはり現場である店舗を見ておきたいと思いまして。それに羽咋はあの『ローマ法王に米を食べさせた男』(高野誠鮮・著/講談社)で有名になりましたよね。あれこそ、まさにマーケティングの実践例だと思うんですよ。本屋にもきっと、何かのチャンスがあるはずですよ。売り方・売り先・売り物の新たな発見が」

「本の売れ行きが厳しくなって、これまでレンタルやセルCD/DVD等にチャレンジしてきましたが、必ずしも成功してはいない感じです。文具はまずまずだけど、雑貨はこれからね」

「それでは、売り先はどうですか? 新たな売り先。例えば市立図書館なんてどうですか?」

私は、クイーンズブックスが手がけていない図書館への販売が、羽咋店でできないかと勇んで聞いてみた。

「……図書館ね。素人が思いつきそうなことですね。あれには大変な参入障壁があるの」

あっさり、入り口で拒否のようだ。

「参入障壁?」

「図書館への納入は、本を納入するだけじゃないの。本には、まず表紙に堅牢なカバーコーティングが必要でしょう。そして、重要なのが本のデータとそれを表示する背表紙に貼る背ラベル。それらと共に本を納品できなければ、図書館は購入してくれないの。詳しくは金沢に戻られてお調べになさったらどうですか？」

そうか、思いつきレベルであったか……。グッドアイディアと思ったのだけどな。

「そうなんですか。そうしてみますが、現状ではどこの業者が納品をしているのですか？」

「東京に本社のある図書館ルート専門の大きな会社。東京ライブラリーサポートです」

「えっ？　市立図書館の予算は地元の市税でしょう。そのお金が地元の企業ではなくて、東京の会社の売上になっているのですか？」

まったく、釈然としない話である。とにかく金沢に戻って、調べてみよう。

「ところで、店長。お店で働く人にとって何が一番大事なんですか？」

「そりゃあ、お金でしょうけど、それだけだったらもっと条件のいい仕事はあります。本屋の従業員とって最も大切なのは、モチベーションだと思います。自分で仕入れ、工夫して並べた本が売れた時の喜びは一番ですわ。それなのにこのところ、社長から仕入予算が立てられて不自由でしかたないんです。月々の売上目標は当然ありますが、それの78％以内で仕入れるように言われています。そうしないと利益が出ないからと言われています」

「うーん。その仕入予算の立て方は、まったく間違っていますね。収益とキャッシュフローの関係を混同しています。それに、売れる月と仕入れる月には、時期の差もあります。この考え方は、明らかに間違いです。今度、その予算を撤廃するように社長に話しておきます。坂出部長なら、そのことぐらい、分かっているはずなのにな……」

「坂出部長さんね。あの人ねえ〜」明らかに敵対する様子を見せる。

「専務が言われている『収益とキャッシュ』のことは、まだ私には分からないけれど、まあ、よろしくお願いしますね。鏑木専務さん」

「高橋店長。どうか、お渡した『社会人の基礎知識』を読んで下さいね」

「えっ？　あれに、そんなことまで書いてあるの？　勉強してみますね」

「ところで、先ほどお聞きしたモチベーション管理で何か気にされていることは、ありますか？」

従業員の態度からやる気のなさを感じた私は、そう尋ねた。

「コーチングマインドかしら。命令型マネジメントから質問型マネジメントへの転換が重要ね。**人は、命令されただけでは動かないの。自分で気づいたことしか、納得して動かないの**」

「凄い勉強家ですね。それでは、**人の欲求には、5段階があって、第1段階は、食べたい、眠りたい、の『生理的欲求』がある**のは、ご存じですよね」

「大学では、心理学の講座も受けましたから、**『マズローの欲求5段階説』**は承知しています。**第2段階は、危険や不安から逃れたい『安全・安心の欲求』。第3段階は、人々と密接な関係になりたい『社会的欲求』。第4段階は、周りの人から承認や尊敬を受けたい『自我自尊の欲求』、第5段階は、自分をこの社会で生かしたい『自己実現の欲求』ですね**。そして、これらは、第1段階から第5段階へと満たされていく」

社会人の基礎知識❹

マズローの欲求5段階説

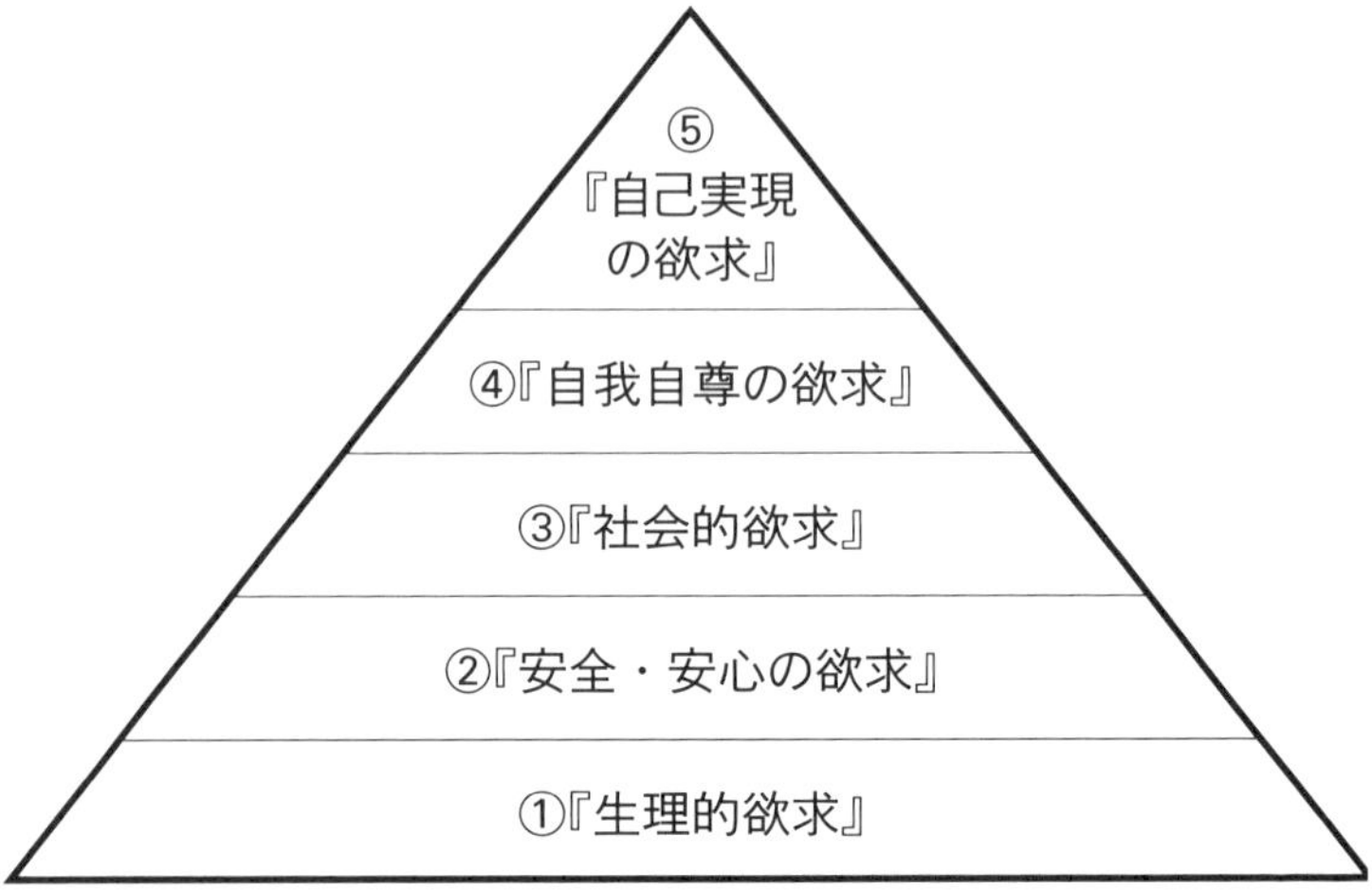

「高橋店長、さすがですね。完璧です。一応**『社会人の基礎知識4』**にまとめてありますので、他の基礎知識と共に見ておいて下さい」

「ふーん。それもあるのね。でも、鏑木さんね。これは、ただのお勉強なの。このマズローの欲求5段階説が、本屋を始めとする小売店の業務とどう関係するのかを考えることが大切なの」

「そうですね。どう繋がりますか?」

「2段階までは、私たちの安全な日常生活が守られなければなりません。これには、給与や休日などが含まれますわ。そして、ここからがポイントなの。つまり、第3段階の『社会的欲求』は、その組織メンバーの仲間意識であるチームワークに関わるの。第4段階の周りからの承認を求める『自我自尊の欲求』

は、現場のスタッフが組織のトップ、本屋なら店長ね、その人から『認められている』とか『頼られている』と意識することなの。また同時に自分で仕入れたものが売れる喜びがメンバーの直接的なモチベーションになります」

高橋店長は続ける。

「第5段階の『自己実現の欲求』は、売り場を任されることで生まれる感情で、店長にも棚の担当者にも重要な要素なんです。この5つの欲求が、満たされなくては、いい本屋にはなれません」

「なるほどですね。よく分かりました。他に困っていることはないですか？」

「まあ、いろいろとあるけれど、女性ばかりのお店ですから、お客様からのクレーム対応には、悩んでいます」

「そうでしたか。実は、この**『社会人の基礎知識5』**で、『クレーム対応フロー』を解読しています。コーチングを勉強された高橋店長なら、きっと理解も早いと思います。**『傾聴・受容・承認』のコミュニケーションの鉄板の3原則の後に謝罪と感謝**です。お客様のクレームには、商売のたくさんのヒントが詰まっていますから」

「そうですね。このフロー図は使えそうね。拝見しておきますわ」

「ありがとうございます。何か、気になる点や不明なことがありましたら、教えて下さい。今日は、これで失礼しますから」

社会人の基礎知識⑤

クレーム対応のフロー

導入時の見極め

クレーマーなのか
ロイヤルカスタマー（上得意様）
予備軍なのか？

※
クレーマー →

クレーム内容を確認し、
「責任者に伝え、改善いたします」
と返答する。

※悪質なクレーマーから会社が従業員を必ず守る姿勢を明確にすることが何よりも大切。

↓ ロイヤルカスタマーへ
（上得意客）

傾　聴

相手の話に耳を傾ける。
起きた事象と
それに対する感情に目を向ける。

「そうでしたか」
（有効なフレーズであるので、
感情を込めて応答する）

↓

共　感（受容・承認）

お客様に起きた感情を
言葉にして伝え返す。

「それは、不愉快な
思いをされましたね」
（お客様への感情への応答）

↓

謝　罪

お客様に不快の念を持たせた
ことに心からお詫びする。

「本当に申し訳
ございませんでした」
（お客様への感情への応答）

↓

感　謝

会社を成長させてくださる
ご指摘に感謝する。

「本日は、お電話を頂戴し、ありがとうございました。
ご指摘の点を改善し、お客様に喜んで頂ける店作りに努力して参ります。
今後ともどうぞ、よろしくお願いいたします。
ありがとうございました」

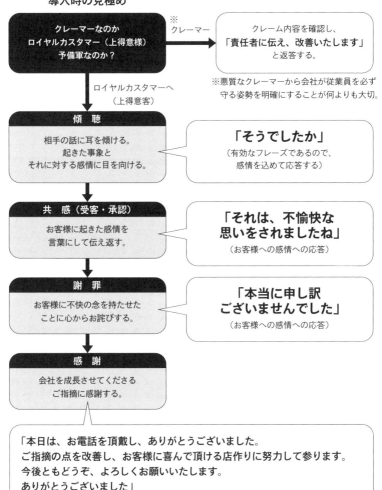

小雨が降ってきた。車に戻り、本社へ急ぐ。しかし、高橋店長の博識は店舗で実際に生かされいるのだろうか？　店内の活気の無さや、従業員が目を逸らす感じが気になるなあ。

本社の事務所に戻ると、トーリューの支店長が来ていた。

「トーリューの庄林です。よろしくお願いします」髪を短く分けたいかにもスポーツマンタイプの人のようである。

「専務の鏑木です。こちらこそ、よろしくお願いします。今日は、たくさんお伺いしたいことがあります」

「何でしょうか？」

ここで、黒木社長が口を挟む。

「鏑木専務さん。こちらの支店長さんは、剣道五段の達人なの。怒らすと怖いわよ」

「社長、人聞きの悪いことをおっしゃらないで下さい。曲がったことが少々嫌いなだけです」少し照れながら答えている。

「庄林支店長、取次と呼ばれるトーリューと日流は、名前をよく聞きますが、どんな機能を持っているのですか？」

「基本的には、本を作る出版社と本を読者に販売する書店とを、商流機能（請求と支払い）と物流機能（運搬と保管）と情報（書誌情報・販売情報）で繋ぐ役割があります。一言で言うと本の問屋ですが、他の業種と大きく異なる点があります。専務も、本の販売価格を守り割引しない再販制度や、仕入れた本が売れ残ったら返品できる委託制度がこの業界にあるのは、ご存じですよね？　この他に卸しの巨大さがあります。本の卸しであるトーリューも日流も一般的には取次と呼ばれていますが、本を中心とする出版総合商社と言ってもいいでしょう」

「卸しが巨大とは？」

「卸し（問屋）の巨大さとは、こういうことです。出版社最大手の音羽社の年商は1000億円台ですし、書店最大手の新宿屋書店の年商も1000億円台ですが、トーリューも日流も年商は、その数倍の4000億とか5000億にもなります」

「なるほどね」

「この事業規模の大きさがあるからこそ、4000社以上の出版社が年間に数万点の出版物を作り、全国の1万5000軒以上の本屋と、5万店にも及ぶコンビニに定時配送し、それの決済までもできます」

「ちょっと聞きにくいの話なのですが、そもそも出版社と書店が直接取引をすればいいのではないですか？」

「その話は、よく言われます。もし、すべてが直接取引に移行すれば、書店は4000の出版社と決済をしなければなりません。出版社も1万5000店もの書店に個別に配送し、資金回収も必要になります。以前、中堅の取次が民事再生や自主廃業に追い込まれましたが、万一にもトーリューや日流がなくなれば、日本の多様な出版文化も終わりを告げるでしょうね」

「そうなんですか」

「トーリューや日流は、全国各地まで網羅する物流機能があり、出版社の作った出版物と全国の本屋やコンビニエンスストアの店頭を結んでいます。同時に小売店への請求と集金、そして出版社への支払いの商流機能を担っています。それで、出版社も書店も安心して商行為ができています」

「ある種、社会のインフラとも言えますね」

「そうですね。これに加えて、重要なのが情報機能、とりわけリテールサポート機能の充実は、昨今飛躍的に進歩しています」

「リテールサポート機能？」

「トーリューは、取引先書店の全送品データを持っています。それに、全返品データもあります。それに加えて全販売データも単品単位で持っています。ということは、トーリューは取引先書店の在庫データも分かることになりますよね」

「まあ、そうですね」

「それが全国の取引先書店の分だけあるのですから、本の販売に関する大きなデータバンクということになります。トーリューは、そのデータを活用して、売行き良好書の発注推奨や在庫非稼働銘柄の返品推奨もするシステムを持っています。日流にもあるでしょうが、このシステムの精度をお互いが競って高めています」

ここで、黒木社長が不思議そうに聞いてくる。

「庄林支店長さん。トーリューさんて、そんな機能をお持ちだったの？」

「社長、システムをご導入いただく時に何度も丁寧にご説明したでしょう」

「そうだったかしら。私ってシステムにも弱いのよ。ちゃんと聞いてなかったわ」

支店長のがっかりした様子が伝わってくる。

「支店長、勉強になります。そのデータを活用した機能は、フランチャイズチェーンの本部が持つような機能ですね。そんな機能までお持ちとは驚きました。世間一般の認識とは大きく違いますね。トーリューとか日流は、てっきり物流だけの会社と思っていました。随分と多様な機能をお持ちなんですね」

「ご理解いただき、ありがとうございます」

「それと、次に教えていただきたいのが図書館納品についてです」

私は、このことを是非にも聞きたかった。

「分かりました。図書館納品は、大いに問題があります。最大の問題は、競争入札制度です」

「競争入札制度というのは、なんですか？」

「ある一定の本を図書館に納品するのに、どこの業者が一番安いかで決める入札が、どの自治体にもあります」

「えっ？　本の定価販売は独禁法23条第4項で認められた法律上の規定で、割引販売できないと聞いています」

「鏑木専務、よく調べておられる。しかし実際には競争入札が一般的で、もともと利益率の低い本屋が身を削って入札しても、大手図書館納入業者が応札してしまいます」

「なにか共存できるいい方法がないものでしょうかね」

「今の大きな課題ですね。総務省のホームページでも『入札・契約制度について』で、実はこんな記述があります」

……また、地方自治法施行令では、入札に参加する者の資格要件について、事業所所在地を要件として定めることを認めると共に総合評価方式による入札では、一定の地域貢献の実績等を評価項目に設定し、評価の対象とすることが許容されており、これらをもって地元企業の受注機会の確保を図ることが可能となっています……。

「これを図書館への納品として素直に読むと、図書館納品に関する入札は、ただ安いからというだけでなく、地元にどれだけ貢献しているか？　ということも査定の対象になります、と読めます」

支店長は、勢いづいて話を続けた。

「実際に、大分では『事業所在地要件』を適応して、大分県立図書館への納品では、書誌データを担当する大手図書館納入業者と本を納品する地元書店の棲み分けができています」

「なるほど。それなら、共存共栄も図れそうですね」

「第一、再販売価格制度は、本を値引き販売しないという法律上の規定です。それに対して、地方自治体へ出されている『30万円以上の物品購入には、入札が必要』は通達に過ぎません。通達よりも法律が重視されるのが当然です。本のように価格が一定であるものへの入札は不適当とさえ言えます」

「その話面白いですね。ただまあ、そう簡単にいくかは分かりませんが、金沢でも羽咋でも試す価値はありそうですね。支店長、またお話しましょう」

「はいこちらこそ、ありがとうございました。また、是非話しましょう」

相当に勉強になったなあ。取次の機能ってのは、侮れないなあ。トーリリューが持つリテールサポート機能をよく調べてみよう。本屋はこれを活用してトーリリューを味方にするか敵にするかで、その後の事業戦略が大きく変わってくる。クイーンズブックスの再生の鍵は、ここにもありそうだ。それから、公共図書館や地域の学校図書館への納品も調べてみると、もっと面白いことが分かるかもしれない。

この図書館納品に踏み込むことが、どれだけ大騒ぎになるのかを私がまだ、知る由もない。

第4章◉従業員は、コストですか？　財産ですか？

自宅のマンションのカーテンを開ける。明るい陽射しが差し込んでくる。窓を開け、ベランダに出て深呼吸する。ここからの眺めが気に入って買ったマンションだ。公園の桜も色づいてきた。もう、花見の季節だな。自分で挽いた珈琲豆の香りが心地良い。フレンチトーストの出来も完璧だ。

「パパ、おはよう」娘が起きてきた。

「彩夏《さやか》、おはよう」この春から高校3年生。来年は、受験か。

「朝ご飯の用意できてるぞ」

「パパ、いつもありがとう。ママが上海に行ってもう、2年になるね」

「そうだなぁ……」

あいつは、2年前に中国の金融機関からヘッドハンティングされて、上海の金融センターで働いている。すぐにエリアマネジャーに昇格し、重要な仕事も任されているらしい。元銀行マンの私にも分からないデリバティブな金融商品も扱っているようだ。もう、あいつはあいつで自分の居場所とやり甲斐を見つけたようだ。

「昨日、ママからメールがあったけど、元気そうだったよ。パパ、最近ママに連絡取ってる？」

「そうだなあ……。あんまりだな」

「パパ、ママと仲よくしてね」

あいつとの心の距離は、金沢と上海の距離の何倍も離れてしまったようだ。もうお互いの人生は、それぞれなのかもしれない。

「涼太は、まだ起きて来ないのか？　涼太あーー！　早く起きろよ、遅刻するぞ」

「パパ大丈夫、涼太は、きっと将来消防士になると思う。だって、ベッドを出てから、10分もかからずに、着替えて出ていくもの。ほら、起きてきた」

「パパ、おはよう！　僕行くから」

「お前、朝は牛乳くらい飲んでいけ。それから、作った弁当も持っていけよ」

「うん。牛乳は、コンビニで買うわ。それから、弁当はいらない。パパが食べて。じゃあ、いってきまーす」涼太は風のように飛び出して行った。

「昨日ね、彩夏の高校が入学式で、始まりが遅かったの。それで、来ちゃいけないって言われてたけど、昨日の朝、授業の前にクイーンズブックスに寄ったの。まだお店は始業前だったけど、パパを見つけたの。駐車場を一生懸命に掃除しているパパを」

あの姿を娘に見られたのか。情けない。

「かっこ悪いところを見られちゃったな」

「ううん……、そんなことない。声はかけなかったけど、ワイシャツを腕まくりして、這いつくばって溝の空き缶を拾ってたパパは、かっこよかったよ」

「そんなわけないだろう。ごみを集めたり、這いつくばって溝の空き缶を拾ってる父親なんて」

「彩夏ね、お仕事のことは、よく分かんないけど、桜町支店が閉店になって、本社勤務のころのパパが一番心配だった。なんだか、抜け殻のようだった」

抜け殻か、確かにそうだったかもしれない。

「パパが最後の支店長だった桜町支店が閉店する前の1年間の頑張りは、凄かったよ。家でもそれが分かったもの。お弁当は、手抜きになってたけどね」

確かに、あのころは業績を上げて、桜町支店を守ろうと必死だった。娘は何にも言わなくても見ていてくれたんだな。鼻の奥がツーンとしてきた。

「今のパパは、あの頃と同じようにカッコいい。それから、もうお弁当は、今日まででいいから。2年間、本当にありがとうございました」

「なんだ、弁当がまた手抜きになってるか？」

「ううん。そうじゃなくて、昨日、涼太と話をしたの。来年は、2人とも受験だし、いつまでも甘えるのはやめようって。涼太は照れ屋だから、お弁当のことを伝えるのは、あれが精一杯ね。『パパが食べて』って」

涙がこぼれそうになる。そうか……、俺は今、閉店した桜町支店長の頃のように頑張っているのか。なぜだろう？

これだけ店長たちや経理の坂出部長に敵視され、歓迎もされていないのに、どうして頑張ろうと思っているのだろう？　嫌な上司だった片山を見返してやろうって気持ちなのか？

いや違う、涙だ。桜町支店の行員たちが解散式で見せた涙だ。金沢銀行だから、店が閉店しても他の支店に行けるが、クイーンズブックスが店舗を閉鎖すれば、社員たちには解雇しか道が残されていない。この世間の荒波にみんなを放り出すことになってしまう。頑張ろう！　どんな「茨の道」でも俺は、全身全霊を傾けてクイーンズブックスを守り抜くぞ。

「今度はお店で本を買ってもいい？」

「もちろんですとも。何を買うのかな？」

「受験生だから、参考書。パパのお財布でね」

甘える素振りを見せる。

「そうか、パパのお財布でか……。分かりました。お待ちしています」

「あたし、初めてクイーンズブックスに行くのね。楽しみぃ」

娘とそろって、マンションを出る。娘は、自転車に乗って、学校に向かう。

今朝の会話は刺激的だったなあ。娘もいつの間にか、こんなに成長している。さあ、お気に入りの愛車マークXで出勤だ。

今日も、事務所のドアを開けて、一日が始まる。

「黒木社長おはようございます。今日は、貸借対照表を勉強しましょう。10時からならいいですか？」先に出勤してデスクにいた社長に声をかける。

坂出部長も女子社員たちも、興味なさそうに私たちの会話を聞いている。

「はい、お願いします。ちょっと不安もあるけど、楽しみでもあるわ」

明日はようやく週末である。クイーンズブックスは当然ながら、土曜も日曜もお店は開いているが、本社は週末だけ休みである。だが、銀行勤務の頃にあった祝日の休みはない。まあしかたない。


今日も掃除のために下に降りて行く。昨日は、彩夏に見られていたのか……。今日も頑張ろう。今日こそは絶対に店長に文句を言わせないぞ。駐車場のゴミを拾い、入り口付近に水を撒き、ゴミ箱の中をチェックして、溝の空き缶を拾い、入り口付近の蜘蛛の巣、そして窓の……。そこで、これで完璧。いや、言われなくても天井付近の蜘蛛の巣、そして窓の……。そこで、西田店長から声がかかる。

「鏑木専務、朝の忙しい時にいつまで掃除してるんですか？　朝礼を始めますよ。参加されますか？」

「はい、喜んで」

クソー、なんだかんだと難癖つけてくるなあ。まあいいか……、朝礼には参加しよう。

レジの前に店舗のみんなが揃っている。司会役の女子社員が声を出し、朝礼が始まる。

「ネームプレートは、所定の位置に付いていますか？　点呼をとります。呼ばれたら、返事は大きな声で」

朝礼に参加する全員が、順番に呼ばれていく。

「かぶらぎ専務さん」私が女子社員から呼ばれる。

「ハイ！　でも、かぶら〝き〟です。濁りません」

「ごめんなさい。それでは、店長。通達お願いします」

「いや、今日は、私でなくて鏑木専務にお願いしよう」と西田店長が私を指名する。

突然の指名で、何の準備もないが覚悟を決める。

「はい、改めましておはようございます。専務のかぶらきです。口の悪い人は『首切り鏑木』などと噂されているそうですが、企業再建は首切りとは違います」

文庫売り場担当の宮田さんが目をそらす。構わず、話を続ける。

「まずは、従業員の皆さんの満足が大切です。お客様満足を得るためには、会社がまず従業員を大切にして、満足して働いてもらわなければなりません。なぜ、東京ディズニーランドに行くと、お客の僕らはあんなにも楽しいのか？　それは、キャストがみな楽しく働いていて、お客様との触れ合いを大切にする雰囲気にあふれているからです。ここに企業再建のヒントがあります」

みな、大好きなディズニーランドを思い出すのか、表情が緩む。

「もちろん、作業のムダや非効率なものの排除は行いますが、働いている人の満足の中からこそ、企業再建のエネルギーが生まれます。私は、働く皆さんを大切にします。**『従業員はコストでなくて、財産である』**を実践したいと思っています」

私への警戒心は、決して薄れていないだろうが、これまで無表情だったみなの顔が少し変化したように思えたのは、気のせいではないと思う。

朝礼の最後は、接客5大用語である。二人ずつ向き合って、挨拶を始める。司会の女子社員がみんなの挨拶をリードする。

「いらっしゃいませ」

「お待たせしました」

ここでまた、西田店長から声がかかる。

「専務さんね。床に挨拶してどうするの？　声と同時にお辞儀たら、声は床に向かうでしょう。言《こと》霊《だま》を乗せて、お客様に気持ちが伝わる挨拶をしなけりゃ意味がない。まず声を出す、そしてお辞儀。これを**『語先後礼《ごさきごれい》』**と言います。僕らは、常連のお客様には『いらっしゃいませ』ではなくて、親しみを込めて『こんにちは』で挨拶します」

「分かりました。もう一度やりましょう。心を込めて」

「手のひらは、前で交差して挨拶します。それでは、もう一度。表情も豊かに」

みなで一斉に声を出す。

「いらっしゃいませ」

「お待たせしました」

「かしこまりました」

「申し訳ありません」

「ありがとうございます」

司会の「開店準備終了、朝礼解散」の声で朝礼が終わる。


朝礼が終わり2階に上がると、社長が待っていた。

「専務さん、今朝は朝礼に出られたの？　よかったですね」

「はい、今日は本店の朝礼で話もさせてもらいました。いい経験になりましたし、挨拶の本当の意味も分かりました。店長は、本当にお客様を大切にしてるんですね。勉強になりました」

「あら、店長とは戦ってるんじゃなかったのかしら？」嬉しそうな感じで社長が話をする。

「私達は、切磋琢磨しているだけですよ。さあ社長、貸借対照表の勉強を始めましょうか」

「お手柔らかにお願いします」

「あっ、それから、高橋店長に聞いたのですが、月々の仕入予算があるそうですね」

「そりゃあ、そうよ。仕入れ過ぎたら、仕入先のトーリューに払えないもの」

「先日、お教えしたように、**それは、キャッシュであって、利益とは別です。仕入れたものは、まず在庫になります。それだけでは、経費になりません。ですから、利益にも影響しません**」

「そうね、キャッシュと利益は違うことは、理解しましたわ」

「お店にある在庫は、キャッシュが形を変えて商品として在庫になっているだけです。だから、先にキャッシュが必要になります。そして、会社が利益を出すためには、在庫が売れなければなりません。この在庫が売れた時点で、販売原価として経費になります」

「それでも、先立つお金がなければ、仕入れ代金を払えず窮地に陥ります。それとも、もう何の担保もないクイーンズブックスに金沢銀行さんが、新たにお金を貸して下さるとでも言うの？　無理でしょう。もう、何だか、決算書の勉強なんか無駄に思えて来ましたわ」

捨て台詞のように言われる。

「黒木社長、『キャッシュと利益は別』をしっかり理解して下さっているのなら、安心しました。会社の利益を出せるのは、会社自身しかありません。**『資金繰りは、銀行が行うこと』**です。ご安心下さい。金沢銀行が無理でも資金調達の道は、あります」

「そりゃあ、頼もしいこと。キ　タ　イ　シ　テ　オ　リ　マ　ス」

言葉とは裏腹に、全く期待していないことが分かる。

「社長、ご安心下さい。私が何とかしてみせます」

とは言ったものの、どうしたものやら。担保はない。社長が銀行に会社の経営実態を説明するための決算書の知識も今はない。金沢銀行が難しくても政府系金融機関である政策金融公庫ならば、何か手があるかもしれない。ここに当たってみよう。

決算書は、経営者の味方だ。今日は黒木社長に貸借対照表を教えよう。

「さて、貸借対照表の説明を始めましょうか。奥の社長室に移動しましょう」

気乗りしない社長と私の二人で、奥に移る。

「鏑木専務さん、まず貸借対照表って何なんですか？　損益計算書は、売上と利益だから、まあ分かるけど、貸借対照表っていったい何物なの？」

貸借対照表を、全く役に立たないものだと思っているようだ。

「そうですね。一言で言うと、会社の健康状態が一目で分かるカルテみたいなものですね。私たち銀行マンは、損益計算書よりも貸借対照表を重視しますから」

「へーー、そうなんですか。あの訳の分からないものを見て何が分かるのかしら。ところであなたは、出向であっても銀行マンじゃなくてクイーンズブックスの一員ですよ」

「あ……、すみませんでした。失礼しました。そうでした」一本取られた。

「損益計算書は、売上とか、利益だから何となく分かるけれど、貸借対照表って決算の時に税理士さんに作ってもらうだけのものと思っていましたわ」

「私は、貸借対照表で会社の今の状態がほぼ分かります」

「でも、資金繰りが厳しいことなんかまでは、分からないでしょう？」

「いえ、貸借対照表を見れば、資金繰りの状態もある程度は推測できます」

「へーー、そんなものかしらね」

「さて、始めましょうか。貸借対照表は、英語でバランスシートと言います。聞いたことはあるでしょう」

「そうね、バランスシートと言うくらいだから、何かと何かがバランスしているのかしら？」

「素晴らしい。全くその通りです。**『社会人の基礎知識1』**（37ページ）の貸借対照表を見てください。真ん中に線があって、二つに分かれているでしょう。そして、この右と左の合計金額が一致してバランスしているでしょう」

「そうね、一番下の欄にある合計のことね」

「そうです。その金額です。そして、その線よりも右側の欄にはお金をどうやって**『調達』**してきたかが書いてあります。買掛金、短期借入金に長期借入金、そして資本金などが書いてあるでしょう。ここで、会社がお金をどうやって、『調達』しているかが分かります」

「なるほどね」

「左側の欄は、その『調達』したお金を、どんな形で会社の資産として持っているかを表す**『運用』**です。現金及び預金や売掛金、商品、建物などがあります。貸借対照表は、右と左に分かれていて、右がお金をどうやって『調達』したかが書いてあり、左がそのお金をどんな風に『運用』したかが書いてあります。ここまでは、大丈夫ですか？」

「ふーーん。そんなものなのね。一応ここまでは、分かりました」

「そして、この右側の『調達』が三つに分かれます。**流動負債**と**固定負債**と**自己資本**の三つです。そして、左側の『運用』が二つに分かれます。**流動資産**と**固定資産**です。貸借対照表は、この5分類から成り立っていて、それで全てです」

「えっ？　これで終わりなの？」

「はい。貸借対照表の構造は、これだけです。この5分類の中にその内容を示すいくつかの項目がありますが、構造は極めて簡単なものです」

「それでは、この5項目についても教えて下さる？」

「もちろんです。流動負債も固定負債も、いずれ支払わなければならないものですが、一般的には、**1年以内に支払わなければならない項目を流動負債**にして、**支払いが1年以上先のものを固定負債**にしています。自己資本は、資本金や過去の決算で出た黒字を使わずに内部に残したものです」

「聞けば、何だか簡単ね」

「そうでしょう。左側にある資産も同じように、**1年以内に現金化できるものが流動資産で、現金化するのに1年以上かかりそうな土地とか建物が固定資産**です」

社長が理解していく様子が伝わってくる。

「見るのも嫌だった貸借対照表も、こうして見ると案外分かりやすくできてるのね」

「社長、この5項目の、それぞれが具体的にどんな内容かについては、クイーンズブックスの貸借対照表にある通りです。ちょっとご覧下さい」

社長に見てもらう。

「あら、ホントだ。意外と単純で分かりやすいものね」ますます社長の理解が深まっていくのを実感する。

「貸借対照表を見れば、会社の資金繰りも、ある程度推測できると申し上げたでしょう。ここまで説明して気づかれましたか？」

「この5分類を見て資金繰りが推測できるというのね。そういえば、ウチの貸借対照表、じっくり見るのは初めてかもしれないわ」

そう語りながら書類を眺めている社長を見るのが、なぜか嬉しい。

「銀行にいた頃、得意先の中小企業の社長の皆さんの大半がそうでした。大半の方が、貸借対照表をご覧になることはありませんでしたから、ご心配なく。こんなに簡単なのに皆さん食わず嫌いです。だから、黒木社長が決算書を理解されて、銀行交渉をすれば、相手は間違いなく驚いて社長への認識を新たにするでしょうね。さて、答えは分かりましたか？」

「1年以内に返すのが流動負債で、1年以内に現金化できるのが流動資産だから、分かったわ！流動資産よりも流動負債が大きい会社の資金繰りは、厳しいと推測できるわね。そうでしょう」

「社長、素晴らしい！　正解です。その流動資産と流動負債の比率のことを**『流動比率』**と言います。分母が流動負債で分子が流動資産です。他にも注目しておかなければならない比率があります。**『社会人の基礎知識6』**に書いておきましたが、流動比率が１００パーセント以下だと資金繰りが厳しい状況です。自己資本比率なども大切ですが、詳しくは、一緒に書いておきました。ご覧になっておいて下さい」

興味深そうに貸借対照表を見る黒木が言う。

「まさにクイーンズブックスの貸借対照表に、その現状が示されているのね」

「社長、大進歩です。今日は、ここまでにしておきましょう」

二人が社長室から事務所ににこやかな笑顔で戻ると、坂出部長と女子社員が少し驚いた表情でこちらを見る。

今日の社長の進化と成長は大きかったなあ。やる気が湧いてくるなあ。朝は、娘の彩夏の元気をもらい、いまは黒木社長の成長に勇気をもらったなあ。ありがたいなあ。

「社長。今日は、これから白山《はくさん》店に行ってきます」

「いってらっしゃーい。気をつけて」笑顔で送り出してくれる。

会社のカローラフィールダーを走らせ、犀川《さいがわ》の土手に車を駐める。川沿いに咲く桜が心を和ませる。弁当を持って車を降りて、桜の樹の下のベンチに座る。平日の昼間ということもあって、また三分咲きの桜の下には人がまばらである。支店のみんなと行った花見を思い出すなあ。

社会人の基礎知識❻

経営状態を判断する時に使う主な指標

損益計算書で分かる比率

売上高前年比	**本年度売上高 ÷ 前年度売上高 ×100** 会社の成長度が分かる明確な指標。
売上高対人件費比率	**人件費 ÷ 売上高 ×100** 人件費には、給与・賞与・福利厚生費他が含まれる。
売上高対総利益率	**売上総利益高 ÷ 売上高 ×100** その会社で扱う商品が、どのくらい儲かるかが分かる。
売上高対経常利益率	**経常利益高 ÷ 売上高 ×100** 経営で一番重視される、会社の実力が表れる数値。
売上高対販売管理費比率	**販売管理費 ÷ 売上高 ×100** この比率を管理することが黒字経営への必須事項。

貸借対照表で分かる比率

流動比率	**流動資産 ÷ 流動負債 ×100** この比率が 100%を超えないと、資金繰りが相当に厳しいと分かる。
当座比率	**(現預金＋受取手形＋売掛金)÷流動負債 ×100** 流動資産の中の換金化し易いものだけで負債が払えるが分かる。
自己資本比率	**自己資本合計額(純資産の部合計)÷ 総資産額(負債および純資産合計)×100** 会社の健全性を示す比率で、高い程良い。

両方を使う比率

商品回転率	**売上高(損益計算書)÷ 商品(貸借対照表)** 会社の在庫商品の効率性を示す。高い程良い。

涼太のために作った弁当だったが、「パパが食べて」と言われて、桜を見ながらの一人花見弁当だ。自分で作っておきながら改めて見ると、ずいぶんジャンボサイズの弁当だなあ。全部食べ切れるかなあ。まず鮭の入ったおにぎりをほおばる。弁当食べたら、白山店に急ごう。

犀川の土手からしばらく走ると、白山店に着く。駐車場に車を入れ、入り口付近にスペースが空いているなと、ハンドルをそちらに切ろうとするが、ふと高橋店長に言われたことを思い出す。店内だけでなく、駐車場もお客様優先だった。一番奥の駐車スペースでエンジンを切る。

店内に入ると、すぐに店長を見つける。

「こんにちは。鏑木です」

「おや、いらっしゃい。ようこそ白山店へ」

おっとりした感じで小太りの田丸徹《たまるとおる》店長。人柄の良さが滲み出ている。

「専務、ちょっと待ってくれますか？　今、お客様の注文をお受けしているところだから」

「はい、もちろんです。じゃあ、奥の店長室で待ってます」

お客と何だか、もめているようだ。

しばらくすると、接客を終えた店長が戻って来た。

「お待たせしました。ご用件は何でしょうか？」

「お客様ともめているようでしたが、何かありましたか？」

「まあ、いつものことなんです。お客様からは、『接客態度がなってない』と叱られます。正直言って、お客様からの客注文は手間がかかって、店員はみな、お受けするのが嫌なんです」店員とお客様の板ばさみのようである。

「でも、ですよ。このネット全盛の時代に、わざわざお店に来て自分の興味を持つ本を教えて下さり、その上に名前も連絡先も教えて下さるありがたいお客様じゃないですか。実際、ネット販売大手は、この情報を最大限に活用して商売をしています」お客様のご注文に対する丁寧な対応は、再生の鍵の一つのようだ。

「ところで、店長。この店舗は、文具売り場が他のクイーンズブックスに比べて広いように思えますが、なぜですか？」

「そりゃあ、競合の大型書店があるから、文具でもやってみようと始めたんですよ」

確かに、周辺には競合店が多くある。だが、思いつきの戦略では有効な打ち手にはならない。

「ちょっと、待って下さい。文具を大きく取り扱う前にどんな分析があったのですか？」

「分析？　そりゃあ、周りを見りゃあ分かるでしょう。専務さんね。あなたは財務の専門家かもしれないけれど、本屋のことも文具のこともご存じないでしょう。現場のことは、経験の長い私たちに任せてくれませんかね。本屋は特殊なんですよね」

「確かに、個別のことは、私には分かりませんし、店長さんの方がお詳しいと思います。それでも、本屋が特殊だろうが特殊でなかろうが、**小売業でビジネスである以上は、ビジネスとしての共通す**

る考え方を踏まえねばなりません。店長さんは、**SWOT（スオット）分析**ってご存じですか？」

「スオット分析？　聞いたこともないなあ。そりゃあ何ですか？」

「商売には、常に競合相手がいるでしょう。その競合相手と戦う時に自社と相手を研究しなければ、正しい手が打てません。『敵を知り、己を知れば、百戦して危うからず』です」

「まあ、分かった。具体的にはどうすんだい？」

「まず、自社の内部環境を『**強味（Strong）**』と『**弱み（Weakness）**』に分けて、それぞれ書き出します。次に競合相手を含めた外部環境を『**機会（Opportunity）**』と『**脅威（Threat）**』に分けて、同じようにそれぞれを書き出します。四つの分類ができますよね。今日、お持ちした『**社会人の基礎知識7**』に分かりやすく説明してありますので、ご覧になっておいて下さい。これを書き出す時に大切なのは、『**競合相手**』**と**『**お客様の視点**』**を常に意識する**ことです」

「鏑木専務さん。そのスオットとやらは、所詮分析に過ぎないだろう。それで、競合相手への反撃の打ち手にまでなるとは思えないなあ」興味なさげに反応する。仕方がない。誰でも初めて聞くものには、警戒するのがあたり前だから。

「田丸店長、鋭いですね。その通りです」

「その通りって、無責任なことを言って仕事を増やさないでくれよ」面倒は嫌だ、というのがすぐ顔と声に出る人だ。

「まずは、SWOT分析をして現状を正確に把握しましょう。これを理解してもらえたら、より実

SWOT分析表

	好影響	悪影響
内部環境	**強み（Strength）** ここには、内部環境で 好影響があるものを書き出します。 それが、自社（自店）の 強みになります。	**弱み（Weakness）** ここには、内部環境で 悪影響があるものを書き出します。 それは、自社（自店）の 弱みです。
外部環境	**機会（Opportunity）** ここには、外部環境で 好影響があるものを書き出します。 それが、自社（自店）の 商売の機会になります。	**脅威（Threat）** ここには、外部環境で 悪影響があるものを書き出します。 それは、自社（自店）の 脅威になります。

践的な対策を立てるのに使う『クロスSWOT分析』を行います」

「クロス・スオット分析？　なんじゃ、そりゃ？」

「一度に説明すると混乱しますので、今日はここまでにします。まずは、田丸店長が今考える『SWOT分析』をこの白山店で作ってみて下さいますか？」

「分かったよ。やるけど、もう少し具体的に教えてくれないか？」

「例えば、この店の『強み』は何だと思われますか？　競合店を意識しながら考えてください」

「……強みね。私の前職が文具問屋だったから、文具の知識が豊富である。それから、他の店に比べて、うちの店のパートさんは、年配だけど長い経験を持っている」

「そうです。そんな感じでまず、書き連ねてみて下さい。では『弱み』は？」

「そりゃあ、店舗が古くて狭い」

「なるほど。では『機会』は？」

「商売のチャンスだね。中学校に一番近いし、進学高校も近い。年配の方々は、昔ながらのクイーンズブックスに気軽に立ち寄って下さる」

「そうです、そんな感じです。それじゃあ、最後の『脅威』は？」

「競合店は大きくて、レンタルも本もある。店舗も近代的で新しい。全国チェーンでブランド力もある」

「田丸店長、その競合店は幹線道路の反対車線側にありますよね。相手は、市の中心部から郊外に向から側で、クイーンズブックスは、郊外から市の中心部に向から側にあります。これは、機会ですか？　脅威ですか？　強みですか？　弱みですか？」

「うーーん。待ってくれよ。考えたこともないな」

「これを考え続けることが、正確なＳＷＯＴ分析を生み出します」

「分かったけれど、これで売れるようになるのかな？」

「ドラッカーがこんな風に言っています」


――実のところ、販売とマーケティングは逆である。同じ意味ではないことはもちろん、補い合う部分さえない。もちろんなんらかの販売は必要である。だが、マーケティングの理想は、販売を不要にすることである。マーケティングの目指すものは、顧客を理解し、製品とサービスを顧客に合わせ、おのずから売れるようにすることである。――（『マネジメント』ピーター・Ｆ・ドラッカー著／ダイヤモンド社、より引用）

「もう少し、分かりやすく言ってくれないかなあ」

「分かりました。私が銀行マン時代に、集客質問家である河田真誠氏から『集客セミナー』で学んだ話をご紹介します。お客様を蝶々に見立てた話です。蝶々が飛んでいて、それを虫網で採りにいくのが『販売』です。これでは蝶々は逃げるし、仲間にも逃げるように伝えます。一方で、**自らが**

甘い蜜を出す花になり、蝶々が仲間も連れて、自ずから来るようにするのが『マーケティング』です。これを書店で考えてみましょう。長い間、書籍や雑誌の紙媒体は、マスメディアの中心にいて王様でした。その上に書店では、店員から『買いませんか？』などと、本を売りつけられることもありませんでした。だから、書店空間はお客様にとって、甘い蜜である本があり、無理に何かを売りつけられる虫網もない安全安心な場所でした。だからこそ、戦後50年間も一貫して右肩上がりで伸びてきました」

「確かに言われてみれば、そうだな」田丸店長が前向きな反応を始めてくれた。私は、続けた。

「ところが、テレビやネットなどの著しい台頭で、メディアとしての紙媒体は、その相対的な地位を低下させ、蜜の魅力が薄れてきました。ただ、家電店やデパートの化粧品売り場など他の小売店と異なり、本屋では商品を売りつけられる虫網はないので安心してご来店いただいているお客様は、まだまだおられます。書店にいらっしゃるこんなお客様から書店が見放される前に、もう一度書店の魅力を再構築しなければ、本屋に未来はありません」

「なるほどね。本屋の小売店としての特徴なんか考えたこともなかったど、話はよく分かった」

「さあ、田丸店長。ＳＷＯＴ分析をお願いします。でき上がるのを楽しみにしています。その後に具体的な打ち手につながる、クロスＳＷＯＴ分析をしましょう」

「分かった。なんだか楽しくなってきたな。今までの思いつきで課題を考えるモグラ叩きのようなものよりも、はるかに有効な手が考えられそうだよ」

「そうですか、お役に立ててよかったです。また来ます」

「気をつけてお帰り下さい」

人に言ったからには、まず自分でこの店の外部環境をゆっくりと調べてみよう。歩いて、周りの学校に寄ってみる。交通量の多い国道を渡ってみると、競合店がある。なかなかの品揃えだ。今度は、車で周辺を走ってみる。お客様視点でクイーンズブックス白山店の本当の価値は、どれくらいあるのだろう？　もう、こんな時間だ。車を本社に戻しに帰ろう。

今日は、手応えあったなあ。今日も帰りはＢＡＲ白樺に行ってみるか。自分へのご褒美だ。

いつものようにＢＡＲ白樺のドアを開ける。

「あら、健ちゃんいらっしゃい。いつものでいい？」

ジェムソンの水割りが出てくる。

「今日はニコニコね。何かあったわね」

「え？　なんで分かるんだ？」

「分かる、分かる。健ちゃん単純だもの。教えてくれる？」

今朝の彩夏との会話や、社長へのレクチャーが順調だったこと、そして白山店田丸店長とのことなどを簡単に話した。

「ふーん。できた娘さんね。随分以前に会ったわよね。市内の大和デパートで見かけた時は、まだ小学生だったかしら？」

「そんなこともあったかな？　まだ、家族が仲良しだった頃だな」

「あら、あの美人の奥さんどうしたの？」

「まあ、ほっといてくれ」急に不機嫌になる。

ほの暗い店内に静かな音楽が流れている。窓際にはたくさんのボトルが並んでいる。

「長年のつき合いで、今日はいいことを教えてあげるわ。今日、決算書やSWOT分析のことを話したんでしょう」

「うん。まあな」

「健ちゃんは中小企業診断士の資格も産業カウンセラーの資格も持っているし、コーチングやNLPも勉強したわよね」

「うん、まあそうだな」

「そういう風に、いろいろと中途半端に勉強して、経営再建に取り組む人が陥りがちなことを二つ教えてあげる」

「なんだよ。気になるなあ。それとお代わり」

すぐに2杯目が出てくる。

「健ちゃん、自分が学んできた知識で、人を誘導しようとしたことない？」

いつものように奈央子の胸に突き刺さる言葉が、今日はことさらに響く。

「まず、『北風と太陽の話』です。イソップ物語は知ってるわよね」

「旅人のコートを脱がそうと北風が強く吹いたけれど、旅人は一層強くコートを着込みました。その後太陽が暖めると旅人はコートを脱ぎました。人には優しく接しましょう。だろう」こう話して、ドキドキしながら話を聞く。

「そこまでが、凡人レベル。この話は、違うストーリーもあるの、出典は明らかでないけれど、コーチングを勉強したならば、知らなきゃならない話。北風までは一緒で、太陽が出てくるまでも同じ。ただ、太陽が出た後の旅人の反応が違うの。『太陽が出て、暖かくして俺のコートを脱がそうなんて思っているんだろうが、そうはいかない。お前の思い通りになんかにはならないぞ！』って反応するの。中途半端にコーチングや心理学を学ぶと、**誰でも無意識のうちにでも意識的にでも人を操作しようとする**のね。健ちゃんなら知っているX理論やY理論も同じことね」急に私の上っ面の知識が問いただされる。背中がヒンヤリする。

「X理論は、『人は仕事が嫌だが、食べていくために仕方なく仕事する』。Y理論は、『人は仕事が好きなので、自己実現のために自発的に仕事をする』。どちらの人間観を持つかで、モチベーション管理やマネジメントのあり方が異なるという、アメリカの経済学者マクレガーが提唱した理論だね」何とか、頭の片隅にあった朧《おぼろ》げな知識を引っぱり出して答える。

「これをドラッカーは、マネジメントの中で厳しく批判しているの『――**心理学によって人を支配し操作することは、知識の自殺である。嫌悪すべき支配形態である**――』（ドラッカー前掲書より引用)。人は誰でも、他の誰にも侵されない尊厳を持って生きているの。それなのに、ポジションパワーや心理学を使って操作しようとする輩《やから》が出てくるの。そんなことは、許されないの。健ちゃん、それだけは忘れないでね」知識で人を操作する輩？　背中のヒンヤリが冷や汗に変わった。

「分かった、いい話をありがとう。奈央子も飲めよ。俺もお代わり。もう一つは何だい？」

急に飲むピッチが早くなる。

「ありがとう。いただくわ」

奈央子は、好きなビールを飲み始める。

「ここから先は、熱血型の健ちゃんには、耳が痛いかもしれないわよ。それでも聞いてくれる？」

「そりゃあ、もちろんだ」本当は、聞きたくない。

「これも出典はよく知らないけれど、こんな話。クラスでただ一人、鉄棒の逆上がりができない女の子がいました。担任の熱血先生は、毎日放課後までその子にマンツーマンで熱心に教えていました。ある日、ようやく女の子は逆上がりができました。大喜びする先生に向かってその子が発した言葉は、こうでした。『もう、これで逆上がりの練習をしなくてもいいんだね』。その女の子と鉄棒の絶縁宣言でしたという話。健ちゃんは、とっても真面目で前向きだけど、そんなことにはなっていない？　あなたは、銀行から派遣された債権回収の銀行マンとしか、クイーンズブックスの人には映ってないの。そのことは意識している？　健ちゃんの母校ラグビー部の突進スタイルだけじゃ、人の心は掴めないわよ」

どんなに嫌われても、どんなに関心がなくても、決算書の読み方やマーケティングの基礎知識を教えようとしていた、自分への警鐘なのだろう。奈央子のことだ、俺がそんな風にしてクイーンズブックスのメンバーと接していることを誰かから聞いたのだろう。金沢は狭い街だから。

今夜もまた、奈央子に借りができちゃったな。

この日は、さすがに帰り道の足取りが重い。奈央子から、今夜も教えられた。自分の善意の押しつけか……。そんな懸念を言われたんだなあ。

気づきをくれた、ありがたいことだ。さあ、それでも頑張って来週も黒木社長に教えなきゃ。

決算書の知識は、誰が何と言おうと経営者には必要だから。

ところで、黒木社長は、小学生の時に逆上がりできたかな？

明日は、土曜日。のんびりと寝ていたいな。いや、子どもたちと何年か振りに花見でも行けないかな？　そうだ！　三人でクイーンズブックス本店へ本を買いに行こう。

第5章◉逆上がり、できますか？

駐車場に車を駐めて歩き出すと、同時刻に出勤して来た西田店長が、笑顔で話しかけてくる。

「おはようございます。昨日は、お子さんとご一緒のご来店ありがとうございました。可愛いお嬢さんとしっかりした感じの息子さんですね。また、沢山のお買い上げありがとうございました。経費削減が第一の鏑木専務も、お子さんの前では、財布が緩いですね」

「はあ、昨日はお世話になりました。躾のできていない恥ずかしい子どもたちです。お世話になりました。学習参考書担当の宮田さんは、商品に詳しいですね。子どもたちも、いい参考書が選べたようです。こちらこそ、ありがとうございました」

「いつも、厳しい顔の専務の昨日の子煩悩振りを見て、私も嬉しくなりましたよ」

冷戦も今日は、休戦状態である。

「店長、今日は朝から加賀店に行きますから、駐車場の掃除お願いします」

店長にそう言って2階に上がると、社長はすでに出勤して仕事をしていた。

「社長、おはようございます」明るく声をかける。月曜日の朝は、何かと慌ただしい。

「専務さんは、いつも元気ね」

「ありがとうございます。4月も半ばを過ぎると、少しずつ暖かくなりますね。街行く女性のコートも春物に変わりつつありますね。ところで社長、今日もお時間よろしいですか？」

「あら、お勉強は、あれで終わりじゃなかったの？」

「いや、もう少しです。今日は、決算書の分析についてお話しますから」

「そうでしたの……。決算書の分析ですか？」仕事の手を休めて、私を見る表情が明らかにがっかりしている。

「ところで社長、お伺いしてもいいですか？」

「何でしょう？」

「小学生の時に逆上がりができない女の子でしたか？」

「突然、何ですの？」

「いや……、ちょっとお伺いしたくて」

「こう見えても、小学生の頃からお転婆で逆上がりも蹴上がりも大得意でしたよ。高校の時は、バレーボールもやってましたから。それが、なにか？　変な方ね」

「そうでしたか。よかったなあ。じゃあ、今日は午後の4時からでいいですか？」

「はい、大丈夫ですよ。でも、決算書を分析して、何が分かるのかしら？　それに、何かが分かっても、私はそれをこれからの経営に生かせるのかしら？　だって決算書って過去のものでしょう」

「社長、決算書で会社のいろんなことが見えてきます。しかも今の会社で起こっていることが数値で見えます。以前にお話したでしょう。決算書は車のコックピットのパネルですから。それでは、ちょっと出かけてきます。4時前には、戻ります」


手帳を開き、予定を確認する。今日は、まだ行ってない加賀店に寄ってから、午後には全日空ホテルで開催されるダッシュ・イレブンの入店オーナー説明会がある。

社用車のカローラフィールダーを加賀まで走らせる。小松を越えて、ちょっと寄り道して、しばらくすると加賀温泉郷のある地域に近づく。ここは、山中温泉や山代温泉などの天下の名湯を誇る温泉宿があり、命の洗濯には持ってこいの場所だ。いつか、ここにクイーンズブックスのメンバーで社員旅行できるといいなあ……。まあ、夢のまた夢か……。

金沢銀行時代の頃に加賀支店で勤務をしたが、あの旅館、このホテルの建設費用の融資をまとめたのは、独身時代のいい思い出だ。この付近の宿は、今ではどこも海外からのお客様で繁盛しているようだ。仕事でもプライベートでも本当に幸せな時だったなあ。

さらに車を走らせると、会社のシンボルマークであるクイーンの顔の看板と共に加賀店が見えてくる。もう、すっかり古くなった外観。壁のペンキはところどころ薄くなっている。クイーンの顔も少し薄汚れている。幹線道路から車を左折させ、駐車場に入る。小雨でも降り出しそうな中、車から入り口までしばらく歩き、店の外観を改めてゆっくりと眺めながら近づく。

「こんにちは」

特徴的なスキンヘッドの鉄川直樹店長が、レジに一人で立っている。お客様はまばらだ。

「やあ、いらっしゃい。もう、そろそろ来られるかと思っていましたよ」鉄川店長は人懐っこそうな表情で私を迎えてくれる。

「それは、恐縮です」

「ちょっと、待って下さいね。レジの代わりを呼びますから」

笑顔の女子社員がレジに入ってくれて、僕らは休憩室に向かう。初めて、ゆっくり話ができる。

「鉄川店長は、ずっとこちらの方ですか？」

「いや、元々は富山県の生まれです。氷見《ひみ》の鰤《ぶり》は、ご存じですよね。あの付近で育ちました。富山湾は、天然の生けすだから、富山湾で獲れる魚は、どれもこれも抜群に旨いんだ。専務さんは、鰤しゃぶって食べたことありますか？　まあ、絶品だね」地元との自慢の食材を自慢げに話す鉄川店長の目が輝いている。

「鰤しゃぶ？　美味しそうですね。まだ、いただいたことないです。氷見に行く機会があれば、試してみますよ。その氷見育ちの鉄川店長が、クイーンズブックスに入られたのは、どんな経緯なんですか？」素直な疑問をぶつけてみる。

「学校を出て、富山のＹＫＫの下請工場で働いていたのさ。本が好きで、富山の本屋だけでは物足りず、金沢の本屋にも出かけていっては、好きな本を買ってた。そのうちに、下請工場も嫌になって、射水《いみず》市にある道路整備の会社に入れてもらって、しばらく働いていたけれど、冬になると道路の除雪やなんかで大変だったんだ。楽しみは、そこの会社の社長の奥さんが美人で優しかったことくらい」

「へえ。そんな仕事もした経験があるんですね」

「まあ、土を掘り起こすユンボくらいなら動かせるよ」

「びっくりです。そんな鉄川店長が、どんなご縁でクイーンズブックスへ？」

「もう、閉店しちまったけれど、その当時は射水市にもクイーンズブックス射水店があって、全部で10店舗もあったんだ。そこに店員募集のポスターが貼ってあって、面接を受けたのさ」

「その頃は、富山の射水市にも店があったんですね」まだ、クイーンズブックスが元気な頃だろう。

「このハゲ頭だから、面接で落とされると思ったけど、先代が俺の本好きを気に入ってくれて、一発で合格。契約社員から正社員、そして店長まで8年かかったよ。俺は、他の店長たちと違ってエリートじゃないの。奥様は頑張ってるけれど、先代が亡くなり銀行からあんたが来て、これからこの会社はどうなっていくのかね？　正直言って、不安でしょうがないよ」

「そうでしたか。いろんなことがあったんですね。私はこの会社を立て直せると思っています。確かに借り入れも多くて大変な状態だから、私が銀行から来ているのですが、クイーンズブックスには、大きな可能性が残されていると思っています。本屋業界自体を悲観的に言う方も多いですが、それも間違いだと思っています」

「専務さん。みな本屋の未来を暗く言うけど、本屋の未来は明るいかね？」

「鉄川店長。**『同じ風が吹いても、東に進むか西に進むかは、帆の立て方次第』**っていう言葉があります」

「帆の立て方次第ね」

「コダックという会社があったのをご存知ですか？」

「ああ、知ってるよ。最近はあまり聞かなくなったが、アメリカの世界最大のフィルムメーカーだろう」

「その通りです。ただし、世界最大だったフィルムメーカーです。過去形です。もう実質は残っていません」

「倒産しちゃったのかい？」少し、驚きの表情の鉄川店長。

「まあ、そんなところです」

「一方で、日本のフィルムメーカーである富士フィルムは、ご存知ですよね。この富士フィルムは、増収増益で株価も大きく伸びています」

「そりゃ、また何でだい？　俺も久しくカメラ屋に現像しに行ってないよ。第一、フィルムそのものを買わなくなってるよ」興味を持って、私の話に耳を傾けてくれる。この話は、銀行時代に中小企業のオヤジたちに何度も話をした私の十八番《おはこ》ネタだ。

「そうですよね。デジタル化が進む世の中で、フィルム市場の縮小は、コダックにも富士フィルムにも同じような逆風として吹いていたはず。しかしコダックは潰れて、富士フィルムは業績好調であるのは、なぜだと思われますか？」

鉄川店長は、腕を組みしばらく考えてから、ポツリポツリと話を始めた。

「環境の変化に対応したんだな。詳しくは分からないけれど、富士フィルムは、自分が持ってた強みを新たな分野に生かしたけれど、きっとコダックは、それまでのやり方に固執して変化に対応できなかったんだと思う」

「そうですね。富士フィルムを危機から復活させた古森重隆氏は、その著作『魂の経営』の中でも社会の変化に対応する覚悟の決め方と見通しの大切さを繰り返し説いておられますが、まずは、**環境の変化自体をどういう風に捉えるか**が重要ですね」

「環境の変化の捉え方？」鉄川店長が少し、前のめりになって聞いてくれる。

「鉄川店長も『ヨドバシカメラ』や『ビックカメラ』をご存知でしょう。このお店、最初はカメラ屋さんだったと思いませんか？　でも、今では日本で有数の家電量販店であるし、生活品を幅広く取り扱う小売店で、私たち消費者には、『カメラも売っているらしい』の認識ですよね」

「確かにそうだな」

「ここからは想像ですけれど、最初はカメラからビデオカメラを扱い、そこからテレビに、冷蔵庫に洗濯機にエアコン、そしてパソコンと時代の変化とお客様の要望に対応していくうちに取り扱い商品の幅が広がっていったんじゃないでしょうかね？　つまり、『売るもの』を変えていった、違いますかね？」

この変遷は、私の全くの想像であるが、当たらずとも遠からずだろう。

「一方で、時代の変化に対応できなかった街のカメラ屋は、潰れていった」

「店長、その通りです。テレビショッピングで有名な『ジャパネットたかた』も、家業の『たかたカメラ』から独立して長崎県佐世保市に作った『株式会社たかた』が発祥です。ここは、通販という売り方で急成長し、『売り方』を変えて環境の変化に対応していった」

「でも、それはどれも急成長した大企業の話で参考になるかね？　専務さんね、本屋にも環境の変化に対応する能力がありますかね？」素直な疑問を挟んでくれる。

「ある地方都市での話です。レンタルが振るわなくなって撤退した跡地を利用して、地域の農産品を扱い始めたところ、販売場所を探していた農家の方々が出荷してくれて、大きな人気を集めています。また、ある別の地方の話です。学校図書館ができるとなると、図書の納入はもちろん、図書館の什器の納入まで地元の本屋が入札に参加するそうです」

「ふーん。そんなものかね。さてね、専務さんに大切なお話があります。このすぐ近くに大型のショッピングセンターが再来年早々にできます。1年半後のことです。そこに、なんとナショナルチェーンの大型の本屋が出店する見通しだそうです。それができたら、この古びた加賀店は、ひとたまりもないね。どうしますか？」熱い眼差しで、詰め寄るように問いかけてくる。

「カピタ加賀店のことですね。銀行にいる時から出店のことは聞いていましたが、ナショナルチェーンの本屋が入るのは、初めて聞きました。でもね、新規の大型ショッピングセンターに本屋が入るということは、デベロッパーとしてもやはりショッピングセンターには、本屋が必要と考えている証明ですね。それから、ナショナルチェーンの本屋が出店する希望をもっているということは、本屋を新規に出しても採算が取れると考えている証明です」まず、正面からこの事態を考えてみることにする。

「あんた、どれだけ前向きなんだい。ナショナルチェーンの本屋の仕入条件とクイーンズブックスの仕入条件は違うの。専務、そこのところ分かってる？」熱を帯びるように、私に言い寄る。

「大きな小売店の仕入条件が、小さな小売店の仕入条件よりも優先されるのは、どこの流通業界でもある普通のことです。驚くことではありません。言いにくいことですが、そのナショナルチェーンの給料とクイーンズブックスの給料とでは、かなり差がありませんか？　仕入条件の差は、人件費の差でカバーできます」

「専務、ちょっと待った。カピタ加賀店への対抗策を考えてる俺に、あんたはカピタ加賀店にクイーンズブックスが入店したらどうか、って考えてるのかい？」興奮の度合いが増してくる。

「簡単に言うと、その通りです」

鉄川店長がイライラしているのが、手に取るように分かる。

「現場の日々の苦労も分からん、あんたに寝ぼけたことを言われたくない。仕入予算が決められて、日々の本の仕入も自由にできない今のクイーンズブックスに新規店を出す金があるのか？　それにカピタが有名なナショナルチェーンよりも、クイーンズブックスを選んでくれるのか？　寝言だな」怒気を含んだ言葉を吐く。私は、できるだけ冷静に返そうとする。

「資金繰りは銀行の仕事です、銀行に考えてもらいます。カピタとの交渉は、私と坂出部長の仕事ですから、頑張ります。鉄川店長、クイーンズブックスへの世の中の評価は、思われているほど低くはないですよ。**USP**ってご存知ですか？」

「聞いたこともない」

「**『Unique Selling Proposition』**の頭文字です。お客様に対してクイーンズブックスの『特徴・強み・提案』があれば、僕らには、USPがあるってことになります。一番有名な事例でいうと、ドミノ・ピザの『30分以内でお届けできなければ、無料です』のようにインパクトのある提案で競合相手に対して持つ強みをお客様に伝えることです。クイーンズブックスならではのUSPを考えていきましょう。また、クイーンズブックスには、ブランドもあります」

「ブランドね。専務さんよ、ブランドの正体って何だい？　高級靴やバッグや服なら分かるけど、街の本屋にもブランドはあるのかね？」

「もちろん、あります。**『ジョハリの窓』**はご存知ですか？　**他人に分かっていて自分にも分かっている（開放領域）。他人には分かっていて、自分には分かっていない（盲点）。他人には分かっていなくて、自分には分かっている（隠れている）。そして、他人にも自分にも分かっていない（未**

社会人の基礎知識❽

ジョハリの窓

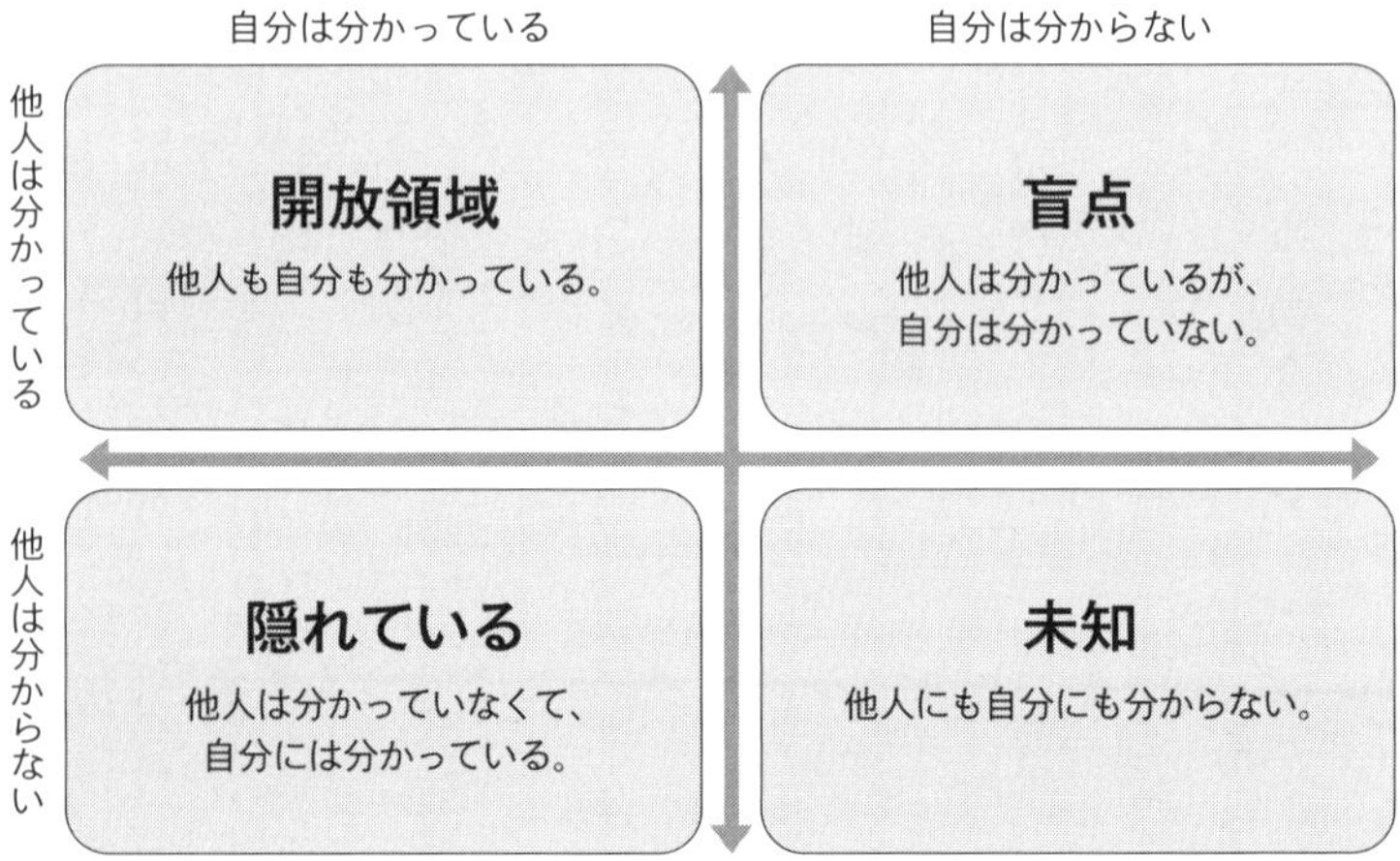
自分は分かっている
自分は分からない
他人は分かっている
他人は分からない
開放領域
他人も自分も分かっている。
盲点
他人は分かっているが、
自分は分かっていない。
隠れている
他人は分かっていなくて、
自分には分かっている。
未知
他人にも自分にも分からない。

知）。以上の４分類で自分と他人から認識されています」

「いや、知らない。どんな窓なんだい？」

『社会人の基礎知識8』に、その図版があります」

「ふーん。それで、そのジョハリの窓がブランドとどんな関係があるんだい？」

「質問集客家の河田真誠氏のセミナーでは、『この自分も他人も知っている自分がブランドです』と教えています。ブランドを高める方法もセミナーでは詳しく教えていましたが、ここでは省きます。これから、クイーンズブックスのＵＳＰとブランドを考え整理していけば、ナショナルチェーンとの入店のコンペにも必ず勝てます」

「ふーん。なんだかお伽話のようだな」

「まずは、クイーンズブックスならではのサービスや品揃えを考えます。そして、クイーンズブックスが持っていて、お客様も同様に認識いただいていること、つまり（開放領域）が何かを、みんなで洗い出します。そして、その領域を広げていきましょう。それがまた、クイーンズブックスのブランドの中身になります」

鉄川店長は、私の話に納得する様子もなく、憤然として席を立ち、休憩室から出て行った。

一人残された私は店内に戻り、店長と離れて、店の中を歩いてみることにする。

そこには、他店では見ることがない商品構成で書棚が埋まっていた。私の学生時代、目利きの書店員がいた頃の池袋リブロや、神田古書店街に行くと、その棚に並んでいる本を見ているだけでも賢くなった気がしていたが、ここ加賀店も読書家の鉄川店長が選書しただけあって、それを彷彿とさせる。

出版社も著者も無視して、内容の関連性で本が棚に並べられている。本好きの店長が考えた本が所狭しと並べてある。店内を歩くだけでワクワクしてくる。こんな本屋は、「地域の知性の寄り処」と言える。だがもし、これらの本の売れ行きが悪ければ、仕入先に支払いだけは済んでいながら、売上は立たない状態なので「キャッシュが在庫となって店頭に寝ている」とも言える。

駐車場に戻り、車で全日空ホテルに向かう。ダッシュ・イレブンの出店説明会を聞くために。

指定の時間前に金沢駅前の全日空ホテルに着いた。ホテル3階の大きな会場には、既にたくさんの人が来ていた。若い夫婦連れも多い。私も席を案内されて、着席する。机には、事前に資料が配布されていて、大きなスクリーンでは、最近のテレビで紹介されたダッシュ・イレブンの取り組みが放映されている。

コンビニエンスストアと一口で言っても、ダッシュ・イレブンと他のコンビニチェーンは、実績が圧倒的に違う。1日当たりの売上高は、ダッシュ・イレブンが60万円後半で、コンビニ2位のチェーンが50万円半ばで、10万円以上も差がある。

以前、雑誌で読んだのだけれど、ダッシュ・イレブンの役員昼食会は、毎回ダッシュ・イレブンの弁当だそうである。日本を代表する高収益企業の役員昼食会のメニューが私たち庶民と同じとは恐れ入る。それだけ品質に自信があるものだけを扱っている、という自負があるのだろう。

説明会が始まると、実に見事なプレゼンで参加者の気持ちを掴んでいく。小売りの素人である私にも大いに参考になる。プレゼンターが「販売の4つの原則」を、正面のスクリーンにプロジェクターで映しながら説明する。

「私どもダッシュ・イレブンは、この4つの原則をとても大切にしています。それは、**『①商品の充実、②笑顔の接客、③商品の鮮度管理、④クリンネス』**です。いかがでしょうか？ これらの徹底こそが、お店の繁盛に繋がります」勉強になるなあ。まだ、説明が続く。

「それから、コスト削減のためには、アルバイトの勤務時間のシフト組みを工夫します。勤務内容は、時間帯ごとに細かく決められていますから、これに従えば、無駄なコストは、削減できます」

やはり大変な企業集団である。クイーンズブックスでも何か真似できないものだろうか？　売り場は、45坪でバックヤードが15坪の計60坪が平均的な店舗で、1日当たりの売上からすると、月商は何と1800万円以上にもなる。しかも既存店舗の売上もまだ伸びていると言う。驚くばかりだ。200坪もあるクイーンズブックスでこれだけ売っている店は、ほとんどない。

扱いアイテム数は、3000種類以上あり、商品ごとの売れ行きがPOSで管理され、常に入れ替えられている。日々の来店客数は、1000人もいるとのことだ。店舗の在庫金額は400万円から500万円だそうだから、『商品回転率』は、年間で50回にもなるのか。クイーンズブックスの商品回転率は、どれくらいだろうか？

説明に満足して、会場を後にし本社へと戻る。

「ただいま帰りました」

「お帰りなさい。加賀店での話を鉄川店長から聞いたわよ。怒ってたわよ。『何も知らん素人が』って」心配そうな表情で社長が聞いてくる。

「……そうでしたか。怒っているのは知っていましたが、社長にまで電話をしてきましたか」

「そうよ。大変な権幕だったわよ。ところで、加賀店の帰りに、どこかに寄ったのかしら？」

「はい。ダッシュ・イレブンの出店説明会に出てきました」

「あら、敵情視察ね。ダッシュ・イレブンを始めとするコンビニが私たち本屋の売上を奪ってきた元凶だからね。これから、コンビニ最大手のダッシュ・イレブンの出店が増えるというので、地元の書店組合の方々も頭を悩ませているわよ」

「いいえ、私の認識はかなり違います」

明らかに怪訝そうな黒木社長を無視して、話を続けた。

「ダッシュ・イレブンを始めとするコンビニエンスストアは、もう既に社会のインフラです。雑誌を売っているから、本屋の敵であると考えずに、毎日1000人もの多様なお客様が気軽に立ち寄る場所と考えるべきなんです。雑誌を置いてあっても、そのアイテム数は限られています。私たち本屋の方が圧倒的にアイテム数が多いのです。本屋とコンビニエンスストアは、必ず共存できます。共存というよりも、相乗効果を発揮する最適な組み合わせかも知れません」

私の話を呆れた顔で見ていた黒木社長が口を開く。

「いいですか。私たち本屋の雑誌の売上が下がって、どれだけ苦労していると思うの？　雑誌の販売こそが本屋の飯のタネなの。そこはお分かり？　そんな本屋とコンビニのコラボのようなご高説に耳を傾ける本屋なんか、日本中探しても一人もいませんことよ」これまでにない興奮した表情で、私に言葉をぶつけてくる。

今日は、鉄川店長だけでなく、社長までも怒らせてしまったようだ。これでは、もう決算書の読み方どころではないだろう。

「社長。お考えは分かりました。また、改めてご説明させて下さい。ただ、社長にもご理解いただきたいのは、コンビニエンスストアの売上は、ずっと伸びています。一方で本屋の売上は、ずっと下がり続けています。なぜだと思われますか？」

答えを期待しないが、問いかけてみる。私は、その答えを待たずに続けた。

「それは、コンビニエンスストアは、お客様を見つめてその変化に対応して発展してきたけれど、本屋には、そんな変化が少しも起きていないからではないでしょうか？」

二人の間に、寒々しい雰囲気が流れる。聞き耳を立てる坂出部長と女子社員たち。

「社長、今日お話する予定だった、決算書の読み方の件、延期しましょう。また改めてお願いします」

「そうですね。今日は、延期にしましょうね」

自分の机に戻り、黙々とパソコンでメールを処理し、書類を作成し、帰宅時間を待つ。クイーンズブックスに来て一番静かで、居心地の悪い時間が過ぎていく。早く終わらないかなあと思う。

終業時間が来て、車で真っすぐに片町に向かう。今夜も代行のお世話になろう。

いつものように、白樺のドアを開ける。

「あら、健ちゃん、今日は早いわね。怖い顔してるし。なんか食べる？　カレーならあるわよ」

「ああ、カレーをもらおう。それから、ビールね」

「ビール？　珍しい。了解です。カレーは温めるから、ちょっと待っててね」

先に出されたビールをお通しのチーズと共に飲み干す。

「お代わり！」

「ピッチ、早いわね」すぐにビールグラスに冷えた生ビールが満たされて出てくる。私は、今日の一日を反芻していた。店内に温めているカレーの匂いが溢れる。

「お待ちどうさま。奈央子の特製カレーです」2杯目のビールと共にカレーを食べる。

「健ちゃん、今日は何かあったの？」

「ああ……。まあな。正しいと思っても理解されないことってあるよな」

「あたり前じゃないの。押しつけはできないの。いつか北風と太陽の話をしてあげたでしょう？」

頼む前に、いつものジェムソンの水割りが出てくる。

「今日はこれ、私からの奢り」奈央子が少し微笑む。他の客が入って来たが、静かに一人で飲む。ほの暗い店内に控えめの音量でジャズが流れている。コルトレーンだ。今の自分の心を優しくほぐしてくれる。カピタ加賀への出店。それから、ダッシュ・イレブンとの併設店舗。どれもワクワクする話なんだがなあ。ジェムソンが3杯目になる頃、店はまた自分だけになる。

「健ちゃん、今日は面白い話を教えてあげる。『コップの水が半分残っている』の話は知ってる？」

「ああ、コップに残った半分の水を見て『もう、半分しか残っていない』と思うのか『まだ、半分も残っているのか』と思うのかの現状認識の差を表すっていう話だろう」

「まあ、そこまで知っているのが凡人レベルね。本当は、そこから先が面白いの。ビジネスコーチングでも出てくるし、ゴルファーの青木功さんの言葉と言う人もいるけれど、この半分の水が入ったコップを見て、**『半分の水を自分で注ぐことができるぞ』**と言うの」

奈央子は話を続ける。

「現実をどう認識しているかも大事でしょうけれど、その現実にどう立ち向かうかで、その人の人生の価値が決まると思うの。健ちゃん、本屋というコップには、まだまだ水は残っているわ。健ちゃんなら、クイーンズブックスのコップに残りの水を満たすことができると思うの。だって、健ちゃんはドラッカーがマネジャーに求める『真摯さ』と誰よりも『熱意』を持ってるわ。街には、本屋が必要なの。頑張ってね」

「奈央子、俺にはもしかすると『熱意』はあるかもしれないけれど、ドラッカーが言う『真摯さ』なんか持ち合わせてない気がする」自問自答する。

「健ちゃん。質問していい？　何かをしようとする時にする大切な質問よ。いま、健ちゃんは、何か自分では正しいと思うことがあって、それを進めようとしているのね。そのことを思い起こしてくれる？　それでは、質問です。**『それは、エゴですか？』**」

私は、混乱する。「それってどう言う意味？」

「健ちゃんがやろうとしていることは、健ちゃんのエゴからですか？」

「いや、違う」

奈央子がさらに聞いてくる。

「それは、しなきゃならないことですか？　それとも健ちゃんがしたいことですか？　言葉を変えると、それは**『愛の選択』**ですか？**『恐怖の選択』**ですか？」

奈央子がいった言葉が、酔い始めた頭の中を駆け巡る。何度も何度も同じ質問が自分にされている。エゴなのか？　いや、違う。したいことなのか？　そうだ。でも愛の選択だろうか？

本屋というコップは、これまでずっと満たされてきた。それがここまで減ってしまったのは、なぜだろう？　俺は、クイーンズブックスの店長たちとこのコップをもう一度満たすことができるだろうか？

まだ、コルトレーンが流れている。もう、帰ろうかな？

第6章◉割増退職金

今日は、誰よりも早く出勤する。事務所の鍵を開けて、窓も開いて部屋の空気を入れ替える。朝の爽やかな空気が事務所に流れ込んでくる。

「それは、エゴですか?」昨夜の奈央子の質問がまだ、心を占めている。

さあ、今日も頑張ろう。まだ、行ってない桜田店にも行こう。店舗別損益で赤字の店だ。坂出部長が出勤してくる。

「部長、おはようございます」坂出部長は、私を見て会釈だけして声をかけてきた。

「専務、ダッシュ・イレブンとの併設やカピタ加賀への出店なんて、格好はいいし、話題性もあるけれど、知っての通りクイーンズブックスには、先立つものがないよ。それから、社長に一生懸命に決算書の読み方を教えているけれど、あれは、どうしてだい?」

坂出部長と初めて会話する。

「何もしなければ、この会社が沈んでいくのは間違いないですよね。**『過去の延長線上に未来はあ**

りません』から。資金調達は、私と部長で銀行に交渉しましょう」

「専務と私でねぇ……」ウンザリした口調で返してくる。

「銀行は、そんなに冷たいところではありません。担保がなくても、少しでも前向きな実績と、会社情報の公開、そして明確な未来への改善計画があれば、交渉できます」

「そんなものかね」

「会社の業績は、社長で決まります。そして、その業績は決算書でしか判断できませんし、外部からも決算書でしか評価されません。その判断するもの、評価されるものを社長が理解しなければ、会社の業績も絶対に回復できません。遠回りに見えても、企業再生には、必要不可欠なことです」

「必要不可欠なことね」

話をしているうちに、社長が出勤してくる。

「あら、専務さん。今朝は早いわね」いつもの笑顔に戻った社長が話しかけてくれる。

「おはようございます。昨日は、失礼しました。今日は決算書の読み方の続きをやりましょう」

「そう……。やっぱり、まだお勉強続けなくちゃならない？」

「そうですね。もう少しです。きっと、経営に活かせます」

「活かせます、って決算書の読み方が日々の経営に活かせるってこと？」

「そうです。決算書は会社経営そのものですから」

黒木社長のウンザリした顔を見ながら、その返事を待つ。

「分かりました。4時からお願いします」
「それでは、4時に。今日は、それまで桜田店に行って来ます」
「桜田店ね……。あそこも、以前は繁盛店で儲かってた店だっただけどね。今じゃ、ダメな店になっちゃったわね……」と、社長が寂しそうに話す。

いつもの駐車場の掃除を済ませて、まだ行っていない唯一の店舗である桜田店に向かう。桜田店があるエリアは、金沢市内の中心部から少し離れた地域であるが、郊外型店舗が立ち並んでいる。クイーンズブックスは、かなり早くから出店していたが、その後に多くの大型家電店舗や家具店、レストランができ、それから当然のように大型書店が出店し、本もレンタルも備えた店や本の品揃えと店舗デザインに特徴のある店などが次々に出店した。

このエリアで、本屋として真っ先に出店したクイーンズブックス桜田店は、競合店に比べて規模でも見劣りし、店舗も老朽化して苦戦を強いられていて、撤退を検討する店舗の一番手である。

車を走らせていても見つけることができない。ナビを使ってようやく店舗にたどり着く。150坪ほどの特徴のない外観の、昔ながらの郊外型書店である。汚れた看板のクイーンの顔が泣いているように見えるのは、気のせいばかりじゃないようだ。

店に入ると、腰をかがめて文庫売り場で作業している、細身な体型で少し尖った感じの表情をした森覚《もりさとし》店長をすぐに見つける。

「こんにちは、森店長。鏑木です」

無表情でこちらを上目遣いで眺めながら、本の整理をする作業は中断しない。

「お忙しいですか？」

「見りゃあ、分かるだろう。人手不足で俺は一人で何役をもこなしてるんだ。何の用だい？」

いきなりの攻撃モードである。

「特に、用事という訳ではありませんが、まだ桜田店だけは来たことがなかったので、一度はお寄りしたいと思いまして。お邪魔でしたか？」

「そう、確かにお邪魔だな。勝手に見て行ってくれ。分からないことがあれば、教えることもあるかもしれないな」

「そうですか。それでは、勝手に見させてもらいます」こんな言い方ないよな。自分でも言葉のトーンがきつくなり、表情が硬くなっているのが分かる。

「あー、そうしてくれ。それから、桜田店を閉店する時は会社都合だから、割増退職金は弾んでくれよな」

「桜田店を閉店？　誰かそんなことを言いましたか？」

『言われなくても分かるよ。税理士が作ってる『店舗別損益』で赤字の桜田店だよ。銀行から貸付金の回収に来たあんたが、桜田店を残す訳ないだろうが」作業を中断し、立ち上がった森店長が語気を強めて言う。意外と背が高かった。

「森店長、まだ何も決まっていません。クイーンズブックスの経営状態がよくないことは、確かです。その中で桜田店が一番厳しい状況にあることも、資料で把握しています。近隣の競合店の状況も一番厳しいのも事実です。それでも生き残る可能性を捨ててはいません。それに、私は銀行の貸付金の回収に来たのではありません。クイーンズブックスの経営改善のお手伝いに来たんです」語気を強めて反論する。頭にくるなあ。

「ふーん。経営改善ね。同じ本を同じ価格で売るだけの本屋に、生き残る差別化なんか出来るのかね。加賀の鉄川に『同じ風が吹いても東に行くか西に向かうかは、帆の立て方次第』とか言ったそうだが、ここには、その風とやらも吹いてないよ」

「そうだとすると、**『風がなければ、オールを持て』**ですね。自分で船を漕ぐしかありません。『売り方、売るもの、売り先』を変えてでも生き残る道を探すしかありません」会話がヒートアップしてきたぞ。

「知っての通り、桜田店は店の大きさでも競合店の3分の1しかないよ。複合ショップとしてレンタルDVDをしているのでもない。それでも、桜田店に生き残る道はあるというのかね」

「相当に厳しい戦いになるのは、間違いありません。ただ、座して死を待つよりも大きなチャレンジをしましょう。あらゆることに挑戦しましょう」

「威勢のいい無責任なことを言ってくれるね。実際にやるのは、自分たちだからな。それとも鏑木専務さんに何かいい目の覚めるようなアイディアがあるというのかい？」

「いや、まだアイディアがある訳じゃありませんが、本屋に来て思うのは『本屋はイノベーションの宝庫』ということです。必ず何かあるはずです」

「やっぱりな。専務様にも何かある訳じゃない。そんなことを考えてる時間があれば、俺の割増退職金の計算でもしておいてくれよ」

「森店長、**『アンゾフのマトリックス』**って聞かれたことがありますか？」

「何だい、そりゃあ？　洋菓子屋の新しいケーキの名前か何かかい？」

「私の歓迎会を開いていただいた時にお配りした『社会人の基礎知識』に書いてあります」

「専務さんね、申し訳ないが、あんなもの忙しい俺たちが見る訳ないだろう」

「そうですか。**『社会人の基礎知識9』**をご覧下さい。考え方が書いてあります。『市場』と『商品』で縦軸と横軸を取り、企業のこれからの進むべき方向を考えるのに使います。ここに、桜田店生き残りのヒントがあるはずです。リニューアル再建計画のヒントが」

「桜田店のリニューアル再建計画？　そりゃ、楽しみだね」言葉とは裏腹に、全く期待していないのが表情と言い方で分かる。

「ゆっくり、店内を見させてもらいます」

「どうぞ、ごゆっくり」嫌味たらしく言われる。なんで、こんなにも敵対的で攻撃的なんだろう。

改めて「ゆっくり」と店内を見渡してみる。入り口に婦人雑誌が並べられ、かなり前の新聞で紹

社会人の基礎知識❾

アンゾフのマトリックス

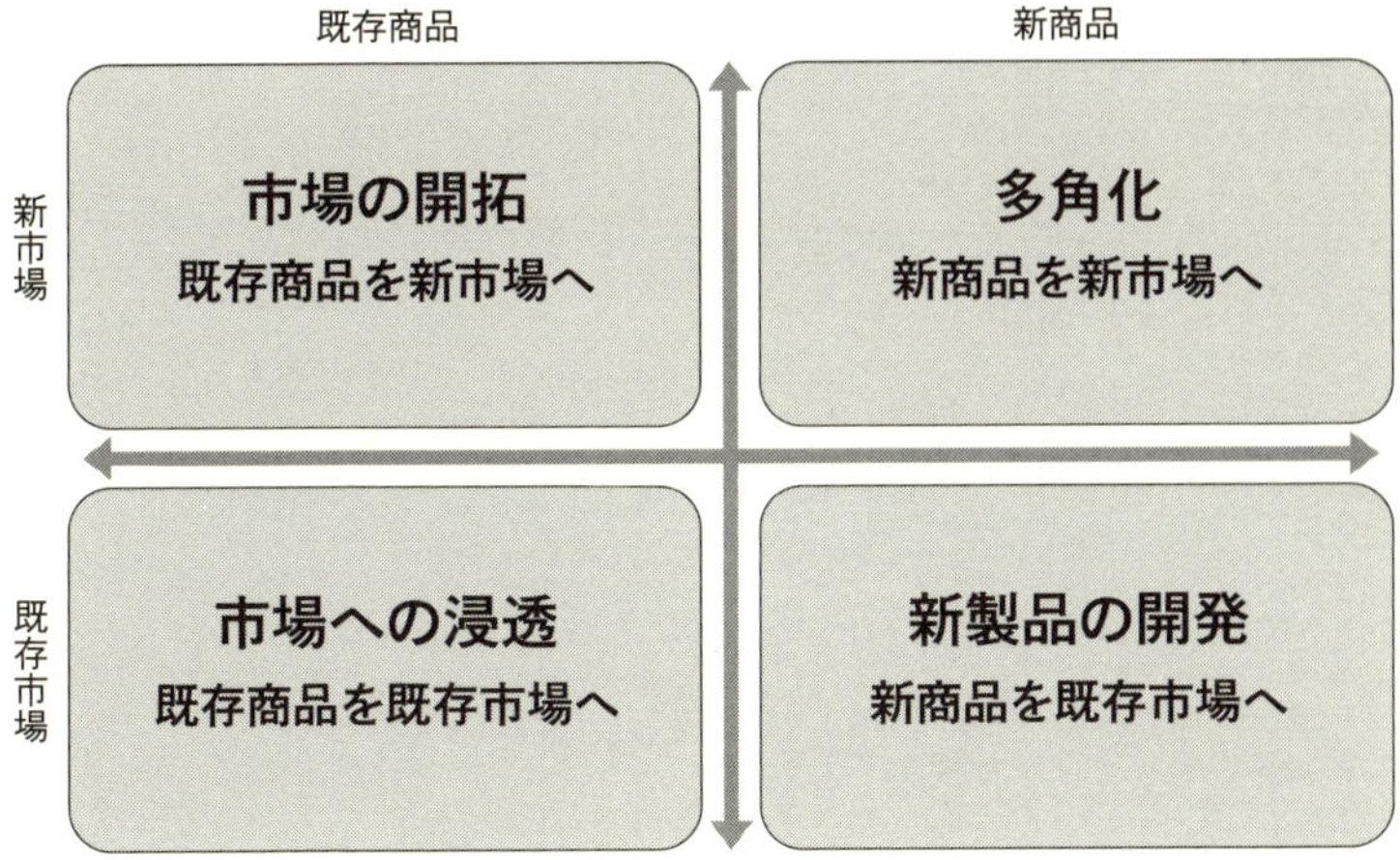

介されていた本が「最新刊」の表示と共に積まれている。レイアウトも品揃えも何の工夫もない。鉄川店長の加賀店の品揃えを少しは見習わせたい。昔ながらの本屋さんである。これじゃあ、お客様も満足しないだろう。どうして、他の店舗のいいところくらい真似しないのだろう？

桜田店は、このエリアで最初に出店した本屋だったから、開店当初は大変な賑わいを見せていたようだが、賑わう場所には、当然のように競合店が出店して、後発の競合店の方が新しく大きくスタイリッシュな店舗になるから、競争力を急速に失った桜田店は、一気に赤字化していった。

しかし、この間に会社として、この店舗に何らかの有効な対抗策を打たなかったのもまた事実である。もう、失うものは何もない桜田店に残された時間は、確かに少ない。

店長に挨拶もせずに店を出て、競合店を見て回る。外観が遠くからでも目を引き、内装も工夫され、本の品揃えが抜群の店舗。本はもちろん、レンタルから文具・雑貨まで幅広いラインナップで文化のワンストップショッピングを図っている店舗。どこも特長を持ったとても素晴らしい店舗ばかりである。実際のところ、それでもまだクイーンズブックス桜田店に来て下さっているお客様がおられるのは本当にありがたいことである。

競合店を見るうちに、昼食の時間も忘れていた。もう3時過ぎになっていた。


本社に戻り、事務所に上がると社長との約束の4時前だ。

「さあ、社長。時間になりました。奥に移動しましょう」

「まあ。そうですね。桜田店はどうでした？」

「確かに相当に厳しそうですね。でも生き残る道はあると思います。ところで社長、それぞれのお店の成功事例の水平展開は、しないのですか？」

「成功事例の水平展開？　お店は、品ぞろえもレイアウトも全て、店長が独自に決めていますから、水平展開なんかしたことないです」

「そうでしたか……」これは、経営改善のヒントになるかもしれないぞ。

「それでは、始めましょうか」

坂出部長が、僕ら二人を無表情に見ている。

奥の社長室に移り、今日のレクチャーを始める。机にクイーンズブックスの決算書を広げる。

「社長、それでは決算書の分析方法について、お話します。まずは、最も分かり易いのが『**商品回転率**』です。在庫金額と販売額の関係を表す指標です。つまり、**ある店舗の在庫金額が原価で800万円だった場合、年間売上高が2億4000万だとすると売上高を在庫金額で割って出す『商品回転率』は3回転**ということになります」

「なるほどね。貸借対照表の商品の欄の金額と損益計算書の売上高を見れば、算出できますわね」

「その通りです。これを見て経営者としてすべきことがあります。クイーンズブックスの商品回転率と業界平均を比べることです。トーリューの資料では、業界平均で3・4回転だそうですが、クイーンズブックスの商品回転率は2・8回転しかありません。極めて低い状態にあります」

「だったら、本はトーリューに自由に返品できるのだから、返せばいいのね」

「それも違います。まずは、坪当たりの在庫金額も確認する必要があります。クイーンズブックスの在庫金額は、決算書に書いてあります。この数字を売り場坪数の950で割って出します。約37万円です。業界平均です」

「あら、そうなの？　それじゃあ、何が課題なの？」

「在庫の内容でしょう。つまり、売れないものを置いて売れるものを置いていない。死筋商品の排除と売行き良好書の欠品補充から始めましょう。在庫金額を増やす必要はありませんが、在庫を減らしては、それ以上に売上が下がってしまいます」

「分かりましたわ。決算書分析って意外と実践の役に立つのね」

「そうですね。他にも色々とありますよ」

「なに？　なに？　教えて」

「経営を左右する比率をお教えします。それは**『売上高対人件費比率』**です」

「人件費？　削りに削ってるわよ」

「人件費は、ただ削ればいいものではありません。人件費を前年比で管理してはいませんか？」

「もちろん、そうよ。他に管理方法ってあるの？」

「ありますよ。それが、『売上高対人件費比率』です。業種によって違いますが人件費比率は、原則的には粗利益の半分です。これを**『労働分配率』**とも言います。本屋の粗利益率が20％余ですから、本屋の標準の『売上高対人件費比率』は10パーセントです。これを上回る店舗は下げなければなりません。ただし、この比率が8・5パーセント以下だと、逆に人を増やしてあげないと、売り場が管理できなくて乱れてしまいます。この指標で店舗の人件費を管理します」

「面白いわ。それなら、現場がある程度納得できる人件費管理ができそうね。他にはないの？」

「ありますよ」

「知りたーい」

「もう一つ大事なのは、**『売上高対水道光熱費比率』**です。単独郊外型店とショッピングセンター内では異なります。これは、水道光熱費を売上高で割って計算します。業界によっても大きく異なります。飲食業なら当然、高くなります。本屋の標準は1・5パーセントと考えていいでしょう」

「でもね、水道光熱費って下げようがあるかしら？　例えば、夏の暑い日でも開店ギリギリまでエアコンをつけないで作業して、開店後に一斉にエアコンのスイッチを入れてるわよ。みんな、頑張っているんだから」

「社長、そのエアコンのスイッチの入れ方は、間違っています。それでは、逆に電気代が上がってしまいます」

「えっ！　ホントに？　それじゃあ、どうするのが一番いい方法なの？」

「人件費比率の下げ方と抜本的な水道光熱費の下げ方については、月曜日にまとめてお持ちします。それまで、待って下さいますか？」社長の表情が生き生きとしてきたぞ。これまでの決算書レクチャーの時間とは、明らかに違ってきている。

「ただ、すぐにでもできるのはエアコンのスイッチの入れ方です。クイーンズブックスは、単独店ばかりです。北陸電力からの電気は、高電圧でそのまま送られて、クイーンズブックスのキュービクルと呼ばれる高圧受電設備で低電圧に変換して使用しています」

「へえ、そうなんだ」

「この使用方法の場合の基本料金は、過去直近11か月間の使用電力が30分単位で計測されて、その

最大値を基準に計算されます。ですから、この最大値を下げることが無理なく電気代を下げること
に繋がります」

「えっ！　そうなの？　家庭とは電気代の計算方法が違うの？」

「単独店で、キュービクルという高圧受電設備を使っている事業所は、一般家庭とは違います。ですから、先ほどのエアコンのスイッチの入れ方では、最大値が上がってしまいます。本当は、夏場に一番の効果を発揮しますが、開店の30分前に半分のエアコンスイッチを入れて、ある程度まで室温を下げてから、開店時間になったら残り半分にスイッチを入れてやれば、使用電力の最大値は大きく下がり、電気料金の基本料を下げられます」

「えーー、ホントなの？　知らなかったわ。明日から、全店舗で早速やらせるわ」

「それがいいでしょう。それでは、残りは来週月曜日の店長会議の時に説明します」

「分かりました。それは、楽しみにしていますわ」


今日は、手応えあったなあ。嬉しいなあ。クイーンズブックスに来て、初めての成果だったかもしれない。小さな一歩でも、一歩は一歩。経営改善の一歩が始まった。

今日は、これで帰ることにしよう。自分へのご褒美に一杯飲んで帰ろう。クイーンズブックスに出向になってから、ＢＡＲ白樺に通う頻度が増えたなあ。

いつものようにBAR白樺のドアを開けると、いつもとは違う奈央子がいた。

「また、髪切ったんだな。そうか、もう30センチは、伸びてたもんな」

奈央子は、3年に1度くらいのペースで、よく手入れしたしなやかな髪をバッサリ切る。

「そうね。もう十分な長さになったから、いつものようにがん患者さん達が作ってているウィッグの団体に寄付したの。日頃の不摂生の罪滅ぼし」と微笑む。

ショートカットの髪の奈央子も魅力的だ。

「今日は、まずビール頂戴」

「あら、ビールね。了解」

しばらくすると、泡立った冷たいビールが出てくる。

「奈央子も飲む？」

「いただきまーす」

「カンパーイ」

「ねえ、奈央子。今日、桜田店に初めて行ったんだよ。ここは、古い店舗で周りの新しくて素敵な大きな店との競争に負けちゃって、赤字なんだ。こんな店どうすりゃいいのかね？」

奈央子がそれに答える訳でもなく、話を始める。

「そう。その解決策は、私には分からないわ。でも、思いついた話があるの。聞いてくれる？　この前ね、旅行で東京に行ったの。新幹線が通ったから、あっという間に着いちゃうの。以前は越後湯沢まで特急はくたかで行って、そこから新幹線に乗り換えてたけど、その頃がすでに懐かしいわ、それでね。東京の高級食品スーパーに寄って面白いものを見たの。パスタコーナーに何が一緒に置いてあったと思う？」

「そりゃあ。ケチャップかレトルトのパスタソースだろう」

「まあ、それが凡人の発想ね。違うの、パスタの横には、白ワインとフランスパンが並べてあるの。これって、物を売るのでなくて、ことを売っているわよね。生活提案と言ってもいいわね。本屋って、そんな提案ってあるかしら？　あまり見かけないわよね。どちらかというと、書店の都合が最優先」

「それは、文庫が出版社別に並んでいることか？」

「それも一つね。なぜ育児雑誌って、育児書売り場か絵本売り場に置いてないの？　お客様は、同じでしょう。旅行書の近くに、旅先での写真の撮り方の本があってもいいんじゃない？　接客でお客様は、『承認欲求』を満たされるのが一番だけど、それには限界があるわよね。本屋さんだって、限られた人数でお店を切り盛りしているでしょうから。だけど、商品陳列を工夫することで、お客様に生活提案できたら、面白いって思わない？」

「だけどな、本屋は利益が薄くて、少人数でやってるから、なかなか手が回らないんだよ」

「あらあら、まだ本屋に移って日も経たないのに、もう売り手側の都合を言うの？　幻滅ね。この話って、健ちゃんが金沢銀行時代に受けた、川上徹也先生のセミナーで聞いた『生活者視点』の話を私が少しアレンジしただけよ」
「川上徹也先生のセミナー？　思い出した。『物を売るバカ』だな。確かにあのセミナーには、眼を見開かれたよ。

――『こだわりの製法』や『厳選された素材』、『くつろぎの空間』、『極上の料理』、『真心こめたおもてなし』などの用語をよく見かけます。発信する側にとってはかなりの差別化ポイントとして訴求しているつもりかもしれませんが、生活者視点でいうとほとんど心に残りません。キツイ言い方をすれば何も言っていないのと同じ『空気コピー』です。――（『物を売るバカ』川上徹也・著、KADOKAWAより引用）

また、その時に教えられた、

――Ⓐと Ⓑのラーメン店でどちらに魅力を感じるのか？
Ⓐ『厳選された素材でこだわりの製法』
Ⓑ『これだ！　と納得のできる一杯を作り上げるために、全国1000軒以上のラーメンを食べ比べ研究に研究を重ねた渾身の一杯です』

の事例には、参ったよ。銀行マンとして、それなりにマーケティングを勉強してきた僕も、実践では全く出来ていなかった現実を突きつけられたよ。そして、その時に出された宿題はいまだに出来ていないんだ」

「川上徹也先生が出した宿題って何？」

「**『①人を売る』、『②店を学校にして体験を売る』、『③社会貢献や志を売る』、『④問題解決を売る』、『⑤期待値の1％超え』**の5つを具体的に考えること。もう一つが、独自化のためのキーワード、**『①ファースト・ワン』、『②ナンバー・ワン』、『③オンリー・ワン』**の三つを具体的に考える」

「どれも難問ばかりね。でも、それができたらネット書店最大手のガンジスにも競合の大型書店にも勝てるんじゃないの？　せめて、どれか一つでも考えられないの？　その話を聞いた時は銀行マンでも、今は健ちゃんもクイーンズブックスの社員でしょう。それが見つかれば、クイーンズブックスの本物の強みが生まれるかもしれないわね」

「いずれも難問だよ。ただ、奈央子の接客の話を聞いていて、期待値の1％超えは、ヒントがある。本屋では、お客様からの注文が結構あるんだ。そのお客様注文対応で他店と差別化する」

他の客が入ってくる。

「奈央子。いつものジェムソンね」１杯では済まなそうである。

一人で水割りを飲み始める。川上先生の研修で突きつけられた課題は、少しも解決していない。

どうすりゃいいんだ。今日は、店内にクラシックが流れている。「G線上のアリア」だな。来た客が葉巻を吸い始めた。いい香りがするなあ。奈央子が戻ってくる。

水割りを1杯飲んで、葉巻を1本吸ってた客がもう帰って行く。大人の飲み方だな。

「なあ、奈央子。だいたい、偉そうに言う奈央子のこの店は、大丈夫なのか？　いつも客がまばらだぞ」

「あのね。ここは、お子さん持ちの健ちゃんが帰る頃から深夜が一番の繁盛時間なの。大きなお世話。ご心配なく」厳しく切り返される。余計なこと言わなきゃよかった。そうだ、娘に数学を教えて欲しいって言われてたな。急に酔いが醒め始める。

「健ちゃん、差別化って具体的には何だと思う？　具体的じゃなければ、酒場の愚痴よ」

「いいじゃないか。ここは、酒場なんだからな。それから、お代わりね」

お代わりが出てくる。

「そうね、そういう健ちゃんは、いつも詰めが甘いの。サッカーのツエーゲン金沢がＪ２に昇格して、その開幕戦がアビスパ福岡の本拠地・博多でやることになって、この店の常連で博多まで応援に行くことになったわよね。覚えてる？　事前にはみんなで物凄く盛り上がったけれど、結局集合場所の小松空港に来たのは、健ちゃんと私だけ。それから二人で飛行機に乗って博多に行って、試合前夜に入った博多の屋台『司』だったかしら？　少し年配の和服を着た綺麗な女性が働いている那珂川沿いの中洲のお店。あそこの明太子を大葉で包んで天婦羅にしたものは、本当に美味しかったわよね」

思い出した。何気なく飛び込んだ博多の屋台だ。

「うん。旨かったなあ……」

「そうよね。ビールに合ったたし。地鶏を焼いたものは、九州の焼酎にぴったりだったわね」

「あれこそ、旅先の醍醐味だな」

「私たち、あの屋台で散々に飲み終えてからホテルに戻り、部屋こそ違っても、旅先で迫られたらキスくらいなら許してあげてもよかったけれど、健ちゃんは、全然迫っても来ない」

「おい、酔いが醒めること言うなよ」

「あの晩は、まるで漱石の小説『三四郎』の一説、『あなたは、よほど度胸のない方ですね』を地でいっていたわね。まあ、それが、健ちゃんらしいといえば、そうだけど。そんな相手の気持ちもわからない健ちゃんに、期待値の1％超えなんてできるかしらね」

「奈央子様、参りました。今日もまた、何でもズケズケ言うなあ。あの『司』のことをよく覚えてるよ。あの店は博多の屋台だけど、ラーメンは置いてなかったよね。聞いたら『ラーメンはどこの店でもあるでしょうが、うちの店は、違うもので勝負するとよ』って言ってたものな。あれも、一つの差別化戦略だよね。それは、幾多《あまた》の博多の屋台での『オンリー・ワン』でもあり、美味しさでは『ナンバー・ワン』なブルーオーシャン戦略でもあるな」

「ブルーオーシャン戦略か。既存の商品を既存の市場で血みどろの戦いをするレッドオーシャン戦

略に対して、高付加価値で新しい価値市場を創造し、新たな海で悠々と泳ぐような商売をする経営戦略のことね」

「奈央子、お前なんでも知ってるな。じゃあ、そのブルーオーシャン戦略で成功した事例を何か知ってるか？」

「そうね。クイック散髪のＱＢハウスかしら。１０００円だからじゃなくて、スピードと清潔を顧客に提供したの。安いだけだったら、価格競争のレッドオーシャンで似たような格安散髪があるけれど、早いと清潔の付加価値を加えたから、差別化しにくい散髪業界でもブルーオーシャン戦略が出来たきたのね」

「完璧です。今日も奈央子様に教えていただきました」

ひとり、考え始める。

期待値の１％超えか。言うは易しでも、行うは難し。大体、お客様が本屋に期待していることって何だろう？　その上で、その期待をいい意味で裏切る訳だな。

しばらく思いに耽っていると、もういい時間になる。帰って、彩夏に数学教えなきゃ。

明日からは、来週の店長会議に備えて、資料作りに励もう。

第7章◉反撃

クイーンズブックスに来て2週目の水曜日。入社して10日目である。まだ、10日か。まるで、100日も経ったかのようだ。今朝は、曇天の空だ。風も少しずつ暖かくなってきた。毎朝、掃除をする駐車場している、2階の事務所に向かう。もう、社長が来ている。

「社長、おはようございます」

「あら、鏑木専務さん、おはようございます。今日は何時から始めますか？」待ち構えたようにして、朝の挨拶をしてくれる今日も笑顔の黒木社長だ。

「始めるというのは、決算書のレクチャーのことですか？」

「あたり前じゃない」変われば、変わるものだ。あれほど、嫌がっていたのに。

「今日は、本店の現場の実際の仕事をもう一度見てからにさせて頂けますか？　お店で働く皆さんの、できるだけ詳細な実態を知りたいのです」

「そう、それはいいことね。ところで、西田店長との『戦い』は、終わったの？」

「戦うと言ったのは、撤回します」

「ふーん……。それはよかった。じゃあ、午後1時からで、どうですか?」

「それでは、1時に」

こんな風な前向きな変わり方は、遅まきながらではあるが、いいことに違いはない。


今日は、掃除をして、現場作業の実際をやってみよう。先週末の休日に家で考えた仮説を検証してみよう。


駐車場の掃除を始める。いつものように最後は、駐車場と道路の間の側溝を覗く、こんなところを金沢銀行時代の部下にだけは、見られたくない。しかし、この見られたくないという意識は何だろう? 娘は、格好いいと言ってくれたじゃないか。でも、昔の部下は、どう思うだろうな?

クイーンズブックスの一員として、お客様のために駐車場の掃除をすることにも、経営再建に全身全霊で取り組む自分の覚悟が、こうして毎朝試されている気がする。


売り場に行く。いつもの朝礼が終わり、本屋の朝の怒涛の作業が始まる。

雑誌の梱包を解いて、別々に送られてきた雑誌と付録を組み合わせる。発売日から日が経った雑誌は、整理して移動したり、返品に回したりする。

書籍の新刊もできるだけいい場所に置くことで、販売のチャンスを与えてあげることになる。置ききれなくなった書籍は、返品に回される。以前は、勘と経験だったようだが、今では単品管理がなされているので、データで売れ行きの悪いものを見つけ出して、返品する。

11時くらいまでで、怒涛の作業も一段落。その後に少ししてから、交代で昼休みを取りランチタイム。2時には、全員が売り場に戻り、接客や棚の商品整理。データを見たり、POPを書いたり、仕入作業をする。その後は4時から6時前までの閑散時間を過ごすことになるようだ。

6時からは、また夜のアルバイトが入ってくることになっている。

「……やっぱりな」ひとり呟く。

本屋は、想像した以上に仕事の繁閑に差がある。それでも、朝からいるバイトやパートさんは、夕方まで店内にいる。今朝もエアコンのスイッチは朝10時には一斉に入っていた。

「西田店長、ちょっと聞きたいことがあります」

店長を見つけて声をかける。

「なんでしょうか？」明らかに迷惑そうな態度である。それでも、聞かなければならない。

「エアコンのスイッチの入れ方について、社長からメールが来てませんでしたか？」

「うん、来てたな。ただ、もう気づいた時には誰かが入れてたからな、しかたない。第一、店でエアコンのスイッチを入れる役割なんて決めてないさ。徹底できないよ。それに、社長からは『電気代が下がるから、エアコンのスイッチは、半分ずつ入れて下さい』と書かれていたけれど、30分早くスイッチを入れるのが、どうして電気代が安くなるんだい？　専務さん。社長にあんまり変なこと吹き込まないでよ」完全に誤解されている。

「そうですか……。そんな風に理解されていたのですね。それでは、朝から来ている主婦のパートの方は、なぜ夕方までいるのですか？」

「そりゃあ、勤務時間契約がそうなっているからさ。昔から変わってないよ」

「でも、平日の午後なんかは、暇になりますよね」素直な疑問をぶつけてみる。

「あのね、お客様が来ない時は、棚整理をしたりPOPを書いたりして、忙しいの。本屋の仕事を表面だけで考えてもらったら困る」

「それなりに理由があるのですね」

「その通り。専務さんは、現場のことは俺たちに任せて、金回りのことを、しっかりやって下さい」

「経営再建は、お金回りだけではできません。財務と現場とモチベーションの改善も必要です。私はその全てを考えて、クイーンズブックスの経営再建を果たしていきます」

「その全てね」半ば侮蔑を含んだ、西田店長の言葉にイラつく。

やっぱり、西田店長とは戦いだ。少し怒気を含んだ興奮した気持ちで2階に上がる。


「さあ社長、始めましょうか」

「奥に行きますか？」

「いえ、今日は、すぐに終わりますから。ここで大丈夫です」

坂出部長と女子社員たちがこちらを見る。

「はい、よろしくお願いします。今日は、何を教えて下さるのかしら？」

「今日は、これまで見てきた損益計算書と貸借対照表の関係について説明します」

「えっ？　別々のものでしょう。関係があるの？」

「もちろんです。関係があります。大いにありますよ」過去の2期の決算書を取り出す。（36〜37ページの表を参照）

「前々期（42期）の貸借対照表の自己資本の部の繰越利益剰余金は、10000千円でしたよね」

「ええ、そうね」

「前期（43期）の損益計算書の税引き後当期純利益は、6000千円の赤字でしたよね。そこで、前期の貸借対照表の自己資本の部の繰越利益剰余金は、6000千円減って4000千円になっていますね。もし、黒字ならば、ここの部分が増えることになります」

「あら、ホントだ。気づかなかったわ。まあ、決算書をじっくりと見たこともなかったけれどね。こうして見るとよくできてるのね、決算書って」

厳密に言うと資本移動その他があるけれど、これを説明すると社長は混乱するだろうし、今のクイーンズブックスには、知らなくてもいいことだろう。

「社長、これで決算書の見方の説明は、一応終了です」

「ほんと？　よかった。これでおしまいね。次の決算までお勉強しなくてもいいのね。色々と教えていただいて感謝しているけれど、ホント言うと、ちょっと辛かったから。でも、ありがとうございました」清々した顔の社長に私は、続けた。

「社長、違います。実は、これからが本番です。**『決算書を現場に生かす経営』が必要**なんです。今までは、そのための準備に過ぎません。クイーンズブックスの将来を左右する『決算書を現場に生かす経営』は、ここからです」

「専務さん、『決算書を現場に生かす経営』とおっしゃっても、私には、実感が湧きませんわ」

「大丈夫です。心配要りません。クイーンズブックスの経営再建は、ここから始まります。社長、次の店長会議はいつですか？　会社の方針や指示は、ここでなされて徹底されるのでしょう。私から、いくつかの提案があります」

「来週の月曜日ですわ。それでは、その提案を聞かせてもらいます」

今日から月曜日まで、このための資料作りである。守りと攻めとの両方が短い時間で要求される経営再建。全身全霊を傾けて取り組もう。守りは、コスト削減。攻めは、イノベーションを伴う店舗改革。楽しみだなあ。日は、瞬く間に過ぎていく。

微かな変化であるが、坂出部長と女子社員に会社の資料をお願いすると、気持ちよく出してくれるようになった。またある日は、一人残業してパソコンに向かっていると、安東さんが温かなお茶を出してくれた。

クイーンズブックスに来て2週間が過ぎる。私は、働く仲間として認められてきたのだろうか？　金沢兼六園の桜も満開らしい。夜桜を楽しめるのも来週までだろう。もう、散り始めるのだろうか？　この時期は、いつもまだ肌寒い。

翌週の月曜日の午後になり、店長たちが本社に集まる。最初に社長から、先月の売上と前年比が発表される。手元の資料には、全6店舗の売上と前年比も書かれている。会計事務所が作った2か月前の各店の収益も配られる。店長たちの売上不振の言い訳と「今後頑張ります」という話で会議が過ぎていく。ただ、時間が過ぎ去るのを待つだけの会議とは、こんな会議を言うのだろう。店長は誰も発言せず、資料を見ているだけ。指名されれば必要最低限の話をして、おしまい。

会議の最後に、社長が私に話す機会を与えてくれる。

「今日は、鏑木専務から皆さんに提案があるそうなので、話をしてもらいます」

「私から、皆さんにいくつかの提案があります。まずは、コスト削減から話をします」

少し高ぶった気持ちで、会社再建への覚悟を決めて、話を始める。クイーンズブックスの経営再建は、ここから始まる。

「まず、電気代を削減しましょう。全店舗の照明をＬＥＤ化します。これには、4つの効果があります。第1に、照明そのものの電気代金と照明器具の交換コストが激減します。第2に、ＬＥＤは熱を出しませんから、夏のエアコン代金が削減できます。そして第3に、ＬＥＤは紫外線を出しませんから、本を始めとする商品の劣化を防ぎます。そして最後に、これはオマケですが、紫外線を出さないので、夜の店舗の照明に害虫が寄ってくるのを軽減できます。まず、こちらを提案します」

経理の坂出部長が口を切る。

「そりゃあいい考えです。しかし、私も以前に考えましたが、その設置費用を銀行が貸してくれますかね？　金沢銀行さんが」坂出部長は、そんなの検討済みだよ、できっこないと思っている。

「確かに、普通では貸さないでしょう。ただし、省エネ対応の制度融資なら可能かも知れません。補助金が出る場合もあります。もし、それが無理でもレンタルで設置できます」

「レンタル？　どこか心当たりはあるの？　それに補助金ももらえるの？」と社長は興味深く、すかさず聞いてくる。

「はい、補助金は調べてみます。レンタルなら確実にあります。金沢銀行のご縁で紹介してもらったＬＥＤ業者があります」

「削減効果は、どれくらいありそうですか？」

「業者の試算では、店舗当たりで年間約80万円余の削減です。レンタル料が年に30万円以下ですから、差し引き6店舗合計で３００万円余の削減ができます。さらに先日、社長からご指示があったエアコンのスイッチの入れ方を工夫するだけで、基本料金が下げられます。その上に電気を北陸電力から新電力に切り替えると、全部で４００万円くらいはコスト削減できます。皆さん、いかがでしょうか?」

「ふーん。なかなかいいんじゃないですか。社長、私も賛成です」と坂出部長が即座に言ってくれる。えっ? 坂出さんの面目を潰したかもしれないのに、即座に賛成してくれた。有り難いなあ。

「店長の皆さんの意見はいかがですか?」と社長がみんなの意見を聞こうとする。

西田店長が手を上げる。また、西田店長か……。どんな難癖をつけるのだろうか?

「私も賛成です」西田店長、本当ですか? 戦う相手に塩をくれる? もしかして、仲間と認めてくれていますか?

この二人の発言で意見の一致をみる。

「LEDの導入時期なり、対象店舗は私に任せて下さい。社長、いいでしょうか?」

「分かりました。専務にお任せします」

「次の提案は、パートのシフトの組み方の提案です。仕事の繁閑に合わせた人員シフトを作りましょう。朝から出勤してくれているパートさんを今のように5時まで働かせないで、3時で2人帰ってもらうようにできませんか? 6時からは、また夜のアルバイトを入れて店舗を運営して下さい。これで、1時間750円のパートが2人分、2時間削減できれば750円×2人×2時間×30日で、月に9万円削減できます。6店舗で54万円。年間では、650万円近くの人件費が削減できます」

発言の途中で西田店長が手を挙げる。

「ちょっと待った。それは、提案なのかい? 現場も知らない専務の指示なのか?」

西田店長が噛みついてくる。

「西田店長、最後まで発言させて下さい」やっぱり、そう簡単に仲間にしてくれないか。

「この人件費削減と、先ほどの電気代削減と合わせて年間で1000万円ものコストが削減できて、会社の利益が増えます。毎年、赤字のクイーンズブックスにとって、大きな効果になり黒字化も見えてきます」強めの口調で続ける。

「このシフトの見直しは、もちろん提案です。しかしながら、店舗の黒字化は店長の目標項目とします。今後は、『売上高対人件費比率』を8・5パーセントから10パーセントの範囲内に抑えてもらいます。方法は店長である皆さんにお任せします。人件費前年比が上がることに文句は言いません。ただし、この『売上高対人件費比率』だけは、責任をもって守って下さいますか?」

「少し考えさせてくれよ。店に帰ってから実現できるかを考えてみるから。店舗黒字化が店長の目標項目ね」明らかに不満気に桜田店の森店長が、みなに聞こえるように発言する。

「分かりました。皆さんでご検討下さい」他の四人の店長たちは、この話が出てから終始、思案顔であった。決めかねているのが分かる。

この案件は持ち帰りとなる。

「もう一つ、大切な提案があります」場にちょっとした緊張が走る。

「小松店にダッシュ・イレブンを誘致して、共同出店の店舗にしたいと思います」

ざわつく場に、社長が口火を切る。

「鏑木専務、そのことは以前にお伝えしたように、あり得ませんことよ」いつもの、にこやかな表情は消えて、こちらを睨む。

「社長、きっと上手くいきます。日本で最初にダッシュ・イレブンと共同出店する本屋になりましょう」

「どうして、上手くいくと言えるの？」こんなに怒った顔の社長も初めて見た。

「社長、小松店は２８０坪です。その中の60坪をダッシュ・イレブンさんに貸します。これで賃料が入ってきます。売り場はその分だけ（約20パーセント）狭くなりますが、什器を工夫して商品量は13パーセント減程度に抑えます。その上にダッシュ・イレブンさんには、毎日１０００人もの人がやって来ます。この方々がクイーンズブックスの新たなお客様になって下さいます」

　社長がさらに、過剰に反応してくる。

「雑誌の売上減は、どう考えていらっしゃるの？」語気が鋭い。質問でなくて詰問《きつもん》である。

「それ以上の集客効果があります」

「そんなこと、証明できるの？　私は、反対よ。ダッシュ・イレブンが石川県に出店してきて、金沢銀行が食い込もうと必死との噂は、聞いています。だからと言って、クイーンズブックスがそのための出汁《だし》に使われたんじゃ、たまりませんことよ」激しく、攻めるように私に言葉のナイフを向ける。確かに本屋の収益源である雑誌の売上をコンビニに奪われた恨みは、大きく許せない気持ちもあるのだろう。しかし、「虎穴《こけつ》に入らずんば虎子《こじ》を得ず」だ。

「社長、今の言葉は聞き捨てなりません。私は、純粋にクイーンズブックスにとっていいと思って提案しているのであって、金沢銀行の思惑なんか一切入っていません。私も、プライドを持って提案しています」

「小松の唐戸店長は、どう考えているの？」イライラを隠せない社長は、冷静な唐戸店長に意見を求めた。今日の会議で、ずっと沈黙を守っていた唐戸店長が、少し間を置いて口を開く。

「社長、私にも社長のお気持ちは、よく分かります。雑誌の売上がこれだけ低迷する中で、雑誌販売のダッシュ・イレブンに本屋の一部を貸すことになる今回の話を拒絶されるお気持ちを」

「そうでしょう。あなたも反対よね」

「私は先日、鏑木専務と長い時間話して、この人のクイーンズブックスを思う気持ちは、本物だと思いました。私たち本屋も変わらなければなりません。今のままでは、クイーンズブックスにも本屋そのものにも未来はありません」

唐戸店長、いいこと言ってくれるなあ。

「聞くところ、ダッシュ・イレブンの月商は、平均で１８００万円から２０００万円にもなるそうです。その中で雑誌の売上は占有は2～3パーセント前後と聞いています。小松店の長期低迷を打開するには、こんな起爆剤が必要です」

唐戸店長の意外な発言に他の店長たちも驚き、これまでの会議と違って全員が興味津々に唐戸店長の話に耳を傾けている。

「コンビニは、社会のインフラなんです。年中無休24時間開いている地域のキーステーションです。私にも不安はあります。でも、このまま変わらない方がよりリスクが大きいと思います。黒木社長、お願いします」

社長が驚いた様子で、私と唐戸店長を見つめる。

「どうか、私と鏑木専務の責任でこの話を進めさせて下さい。チャレンジしましょう。常に時代を切り拓こうとされた先代もきっと喜ばれます」

しばらく、誰も口を開く者はいない。緊張した静寂に包まれる。

「鏑木専務、この改装にかかる費用は、どれくらいですか？」社長が、冷静になった口調で費用の話を尋ねた。私は調べておいた概算額を即座に答える。

「最大で約2000万円です」

「2000万円！　そんなお金、知っての通りクイーンズブックスにはありませんよ。金沢銀行だって貸してくれないでしょう」

「社長、こういう前向きな資金であれば、政策金融公庫の制度融資を使って借りることができるかもしれません。ダッシュ・イレブンさんに貸す賃料収入と、来客増による店舗収益の改善が見込めます。投下資金は5年以内で回収できます。社長が認めて下されば、計画書を持って金沢銀行と政策金融公庫に融資の申し込みをしてきます」

私と唐戸店長は、同時に立ち上がり二人揃って、頭を下げた。

「社長、お願いします」

「分かりましたわ。そこまで二人が言うなら、認めます。必ず成功してクイーンズブックスの未来を切り拓いてちょうだい」社長の表情は硬いままだ。今の社長の気持ちがどうであれ、必ず結果を出さなければならない。

「ありがとうございます。全力で頑張ります」

緊張の続いた会議は、そこで散会になる。みな、黙って車に向かい、店へ帰って行く。勢い、私と唐戸店長で飲みに出かけようとしていると、西田店長が近寄って来て、小さな声で微笑みながら、話しかけてくる。

「もしかして、お二人でお出かけですか？　僕も交じっていいかな？」

「もちろんです。一緒に行きましょう」

三人で近くの居酒屋に向かう。学生向けの安酒場だ。

お通しが出て、生ビールと焼き鳥やつまみを頼み乾杯する。

「カンパーイ。旨いなあ～」西田店長が、口火を切る。

「今日の二人は、すごかったね」

注文した枝豆と煮込みを、不愛想な店員がすぐに持ってくる。

「クイーンズブックスの店長会議は、会議とは名ばかりで、社長と坂出部長からの話でおしまい。

社長が売上あげろ〜〜！　で、坂出部長がコストを下げろ〜〜〜！　何一つ具体的な話はありゃしない。精神論だけ。先代の頃のように本の売上が伸びている時は、それでもよかったけれど、これだけ落ち込んでも指示は10年前と一緒なんだから、嫌になっちゃうよ」何かのスイッチが入ったかように西田店長が話を始める。

「だけど、今日は違った」

「西田店長、今日はこれまでと何が違いましたか？」素直に聞いてみる。

「そりゃあ、違ったさ。二人は、敢然と立ち上がった訳さ。俺は、心の中で拍手してたよ。ダッシュ・イレブンのことはよく分かんないけれど、会社を何とかしようとする二人の強い意欲を感じたよ」これが、毎朝の掃除に難癖つけて、文句を言う「戦う」相手の西田店長の言葉だろうか？

「そんなに褒めてもらって嬉しいです。私はまだ外部の人間だと見られていますが、会社を思う気持ちは誰にも負けません。腰掛けなんて少しも思っていないし、ここを死に場所と心得て仕事しています。今日は、それが少しは認められた気がして本当に嬉しかったですよ。それにしても、唐戸店長は、よくあの場で賛成してくれましたね」

「まあ、このままじゃ、クイーンズブックスは沈んでいくより他はないのさ。俺だって、絶対に大丈夫とは思わないが、変わらなければクイーンズブックスを始めとする全国の本屋に未来がないのも確実。だから、変わろうと思っただけだよ。ただ、やるからには全力で取り組むよ」

そんな、三人の熱い話は深夜まで続き、杯を重ねた。

翌日の火曜日の午前中、社長は市役所に立ち寄って、少し遅れて出勤するようだ。私は、本社事務所で坂出部長に一緒に銀行へ行くことを伝える。

「政策金融公庫の融資課長とのアポイントが、午後1時半に取れましたので同行願えませんか？」

「専務が一人で行くんじゃないのかい？」机で書類を見ていた坂出部長が迷惑そうに反応する。

「いえ、ここは以前からの坂出部長がいないとだめです」

「そうかい、しかたないなあ……」本当に嫌そうである。

この後ろ向きな男が会社の金庫番では、先が思いやられる。


立ち寄りで遅れて出勤した社長が、事務所に入ってくるなり、

「専務さん、資金調達の件で思いついたことがあるの。聞いて下さる？」意気込み十分に話をしてくれる。

「社長、もちろんです」一体、何だろう？

「クイーンズブックスには、本の在庫も含めて商品が仕入値で35000千円あるでしょう」

「まあ、決算書（43期貸借対照表（37ページ）の商品の部を参照）で見ると、在庫はそうですね」

「専務が言う『決算書を経営に生かす』を実践してみようと思うの」

「何でしょうか？」いいぞ、いいぞ。中身がどうであれ、この意識の変化を神様に感謝したいくら

いだ。

「この在庫を2000万円返せば、昨日話したダッシュ・イレブン併設費用のキャッシュはすぐに捻出できますよね。どうです？　いい考えでしょう」

黒木社長が、先生に褒められるのを待つ子どものようにして私の返事を待っている。

「社長、その考えは半分正解で半分不正解です。まあ、50点です」

「50点？　不合格ね。どうして、この考え方が不合格なの？　書店の経営者は、こうしてコストを下げてキャッシュを出していますわよ」

「だから、50点なのです。**一時的なキャッシュは生み出しますが、在庫を減らしてもコストは下がりません。**何より、利益の源泉である商品を減らせば、売上が下がってしまいます。投資はコストです。コストの回収は利益からしかできません。『在庫を減らしてキャッシュを生んだから、もうコスト回収は、おしまい』という意識が少しでもあるようなら、その考えは即刻捨てて下さい。何度でも言いますが**『資金繰りは銀行の仕事で、利益を出すのが企業の役目』**です。在庫は、安易に減らしてはなりません。普通の小売りでは、あまり見かけないのですが、本屋ではそういうやり方をする経営者が多いようですが、間違っています」

「あら、そうなの。分かりましたわ。それじゃあ、銀行交渉は頑張って下さいね」

「はい。今日の午後に早速坂出部長と二人で政策金融公庫へ行ってきます」

昼食を済ませて、1時に坂出部長と車で出かける。

金沢市の中心部にある政策金融公庫の駐車場には、15分前に着いた。坂出部長が車から降りて建物に向かおうとする。

「坂出部長、どちらへ？」

「どちらへって。政策金融公庫に決まっているだろうが」

「ちょっと待って下さい。まだ、約束の時間の15分前です。早過ぎます」

「早過ぎるって、遅れている訳じゃないんだから、別に構わないじゃないですか」

「坂出部長、それは違います。もちろん約束の時間に遅れるのは論外ですが、**アポイントの5分以上前に入るのもビジネスマナー違反**です。先方にも都合があります。早過ぎるのも遅れるのも相手には、こう伝わります。『あんたの時間よりも俺様の時間の方が大切なんだから、応待せよ』です。ここで、5分前まで待ちましょう」

「そうですかね？　銀行様には、そんなに気を遣わなきゃなりませんかね。早めに入って応接で待ってりゃいいでしょうが」

「銀行だからではありません。どんな取引先でも一緒です。坂出部長だって、出入りの業者が約束の時間よりも10分も早く来た時にどんな気持ちになられます？」

「まあ、そうだなあ。忙しい時にこんなに早く来やがって。でも応対しなきゃなあ。一応は、笑顔で、と思うなあ」坂出部長の場合、本当に「笑顔で」だろうか。

「そうでしょう。待ちましょう。もう少しです」気まずい沈黙の時間が過ぎる。

駐車場で5分前まで待ち、エレベーターで3階に上がると約束の時間ちょっと前に着く。

「こんにちは。クイーンズブックスの鏑木と申します。融資の斎藤課長と1時半のお約束です」

「お待ちしておりました。応接にお通しします。こちらへどうぞ」受付嬢に案内される。

時間になると、斎藤課長と共に支店長の森川が部屋に入って来た。

「あ、森川支店長。ご無沙汰しています。今日は支店長も同席とは驚きました」

金沢銀行時代から旧知の森川支店長も一緒に来てくれた。心強い。

「斎藤から、鏑木さんが金沢銀行から本屋さんに出向されて、今日は融資のご相談に来られると聞きましたから、それはお会いしたいと思いまして」

「それは、恐れ入ります。本日、同行しておりますのが経理部長の坂出《さかいで》です」

私の名刺も変わったし、改めて名刺交換をする。

「支店長、生まれ故郷の山梨には久しく帰られていないのでしょう。どうですか？　立山連峰と富士山を比べて」

「富士山の孤高な感じと気高さ。立山連峰の雄々しさ。それぞれですよ」

「そうでしたか。さて、森川支店長、斎藤課長、今日は設備投資資金のお願いで参りました」

「ほう、設備投資資金ですか。それは興味深い」

ダッシュ・イレブンとの併設出店について、クイーンズブックスの経営改善計画書と資金回収計画書とを共に資料を使って丁寧に説明する。何項目かついて詳細な質問も受ける。説明が終わると、斎藤課長が早速、前向きな反応を示してくれる。

「これなら、制度融資の『経営革新支援事業』か『企業活力強化資金』が使えるかもしれませんね。早速検討してみましょう」

「ありがとうございます」

「鏑木さん、運転資金でも制度融資の『セーフティーネット貸付』が使えるかも知れませんね」

森川支店長も嬉しい反応を示してくれる。

「本当ですか？」坂出部長が驚いたように言う。この人は、運転資金で、これまでどれくらい苦労してきたのだろう？　森川支店長が話を続ける。

「鏑木さんもご承知のように、赤字脱却が見込めない企業への貸し付けは、政策金融公庫としても融資には慎重になりますが、この経営改善計画には、LED導入や人件費削減など明確なコスト削減策が書かれていて、ダッシュ・イレブンさんとのコラボ出店など、前向き資金の説明も見事です。さすが、金沢銀行にこの人ありと言われた鏑木さんだ。融資についてのご返事は、行内で十分に検討して、改めてご連絡いたします。連絡は、課長の斎藤から坂出部長でよろしいですか？」私たちは、こうして十分な手応えを掴んで本社に帰った。

「ただいま帰りました」

「専務、政策金融公庫の反応は、いかがでしたか？」

「はい、もうバッチリです。社長」

「本当に？　信じていいの？」

「坂出部長、ホントなの？」

無言の坂出部長。面白くないのだろう。表情は硬いままで、社長に話しかけられても、振り向かず背中を向けている。

「社長、坂出部長がデンと座られて、押しの強い交渉をしましたから、もう大丈夫です」

「坂出部長、凄いじゃないの。以前から金沢銀行にもそうしてくれていたら、こんなにいつも資金繰りで苦労しなかったのにね」

「社長、坂出部長と私に、金融機関との交渉はお任せ下さい」

「こころ強～～い！」


それから2週間後。

「部長、政策金融公庫の融資課長斎藤さんからお電話です」女子社員の坂本が、坂出部長に電話を繋ぐ。みんな息をひそめて聞き耳を立てている。

「はい、ありがとうございます。感謝します。クイーンズブックス、これから頑張ります」最後は、上ずった大きな声で返事をしていた。電話を切り、こちらを向いた部長はこう言った。

「社長、専務、そして資金繰りに苦労をかけた安東さん、坂本さん。政策金融公庫から融資了承の電話をもらいました。すぐに手続きに入ります。ありがとうございました」少し、涙声に聞こえたのは、気のせいだろうか？

2階の事務所には、時ならぬ歓声があがる。みんな笑顔だ。

さあ、ここからがクイーンズブックス反撃の始まりである。

第8章◉何によって記憶されたいのか？

5月に入り、ゴールデンウィークも過ぎたが、新幹線が出来てからというもの、観光客は増える一方である。近江町市場も活気にあふれている。市場内の海鮮丼は、どこも絶品だものな。これだけでも金沢に食べに来る価値がある。この賑わいを本屋にも繋げるられないものだろうか？

今日は羽咋《はくい》店まで行き、帰りには白山《はくさん》店にも寄るので、朝一番から会社の車で羽咋に向かっている。こうして運転しながら、ここ数日のことを思い出す。転機はあの店長会だったよなあ。

そして、政策金融公庫からの資金調達ができてから、明らかにみんなの私の見る目が変わってきているのが分かる。社長にも、売上予算と当月の支払いを連動させる仕入予算のような愚かなことはやめさせた。現場にも活気が戻りつつある。

加賀店を除いては、LEDの導入も済み、6月から光熱費の削減効果が出始めるはずである。人件費の削減は、一筋縄ではいかない。みんなも分かってはいても、すぐには手をつけることができていない。働き方を変えてもらって、忙しい時には人を入れて、暇になったら帰ってもらう。パートの主婦も3時に帰ることができれば、子どもの迎えにも夕飯の支度にも間に合う。もちろん、家計を支える担い手の契約社員主婦は、従来通りに働いてもらえばいい。それでも、なかなか変えることができないのが店長の意識である。だがクイーンズブックス経営改善のためには、パートの2時間の早帰りは避けて通れない。自動車専用道路を通り、日本海を左手に見ながら羽咋に向かう。

さて、羽咋店である。高橋店長は、大変な勉強家だが、実践に生かしているのだろうか？　また、パートさんが辞めるようだ。

羽咋店が近づいてくる。駐車場に車を停めて、店内に向かう。

「こんにちは」店員たちは、私を認めると静かに離れていく。店長を自分で探すが見つからない。掃除の行き届いていない店内がとても気になる。何とか店員に声をかける。

「こんにちは。今日、店長はお休みですか？」

「いえ、午後から出勤です」素っ気ない返事が返ってくる。

「少し、お話をしてもいいですか？」

仏頂面で今朝届いた新刊を仕分けしながら、陳列作業を行う女性に声をかける。

「はい、少しだけなら」

「最近、パートのベテランの木村さんが辞めたそうですね。ここ数か月で辞める人が続いていますが、何かあるのですか？　私は、専務の鏑木です。あなたは？」

ちょっと聞きづらいことであったが、ここで躊躇《ちゅうちょ》していても仕方がない。私は、面倒くさそうな顔で対応するこの女性に話を聞くことを決める。

「パートの水口といいます。専務さん、私も辞めたいんです。次の仕事が見つからないから働いていますが、私たちもう耐えられません」絞り出すように、言葉を吐く。

「何があったんですか？」

水口さんは、硬い表情で私に話し始める。

「高橋店長の上から目線の物言いです。どんなご立派な大学を出られたかは存じませんけれど、あんな言い方はないです。最近は、特に顕著です。そう、専務が来られてから期を同じくして、酷《ひど》くなりました。高橋店長は、いつも丁寧に話をされますが、どこか私たちパートをバカにしている感じを受けます……」

水口さんは、堰《せき》を切ったかのように、彼女が抱えている不平不満を語りだした。

「店長は、『チームワークが大切』とやらで、なんでも私たち任せ。労働時間のシフト組みまで、『皆で話し合って決めよう』なんて言うんです。そんなことになると、ベテランや声の大きな文句ばかり言う人の都合が最優先でシフト組みが決められて、私は、いつも不公平なシフトになります。もう、嫌になりました。その上、専務への指示でパートは働く時間が一律で2時間カットされると聞いています」

「水口さん、それは違います。私は、店長にパートさんのそれぞれの事情を聴いて無駄を省きながら、最適なシフトを組むようにお願いしているだけです」

「だから、変なんです。シフトは店長が決めなければ、不公平になるでしょう」

彼女の話を私は耳と心で熱心に受け止め、痛い気持ちで聴いた。

「それでいながら、売り場の陳列やPOPの書き方には、細かい注文を出してくる。逆なんです。みんなで決められないシフト組みとかお店の方針は、店長が決めればいいんです。それが店長の役割なんだから。売り場のことは、私たちに任せて欲しいんです。専務さん、何とかなりませんかね？」ちょっと、根が深そうである。

「そうでしたか……。ご苦労されましたね」

「だいたい、本社から人が来るのは、久し振りなんです。黒木社長も高橋店長には遠慮があるみたいで、ほとんど文句を言いません。坂出部長は、いつから来てないだろう？　そうなると、高橋店長も相談する相手もいなくて孤独なんだとは思いますが、仕事のやり方を変えて欲しいんです。専務にもいくらかの責任はあると思います」

「シフト組みの他に、私にも責任がですか？」

「そうです。以前、お店に来られた時に高橋店長を手放しで褒めたでしょう。あれから管理やモチベーションの理論とやらでの高橋店長から私たちへの話や指示が酷くなったんですから。間違いなく、専務さんにも責任はあります」

私は、黙り込むほかなかった。マネジメントやビジネスコーチングを表面的にだけ学んだ者が陥りがちな、理論万能への誤解である。奈央子にも何度も言われていることだ。

「そうでしたか……。ありがとうございました。店長の話を聴いてみます」


それから、店内をしばらく見て回っていると、遅番勤務の高橋店長が出勤して来た。

「あら、専務さん、いらしていたのですか？　お越しになるのが分かっていたら、もっと早く出勤しましたのに。以前は、朝から出勤して残業時間をつけて、閉店までいましたけれど、以前の店長会でシフトの新たな組み方を話されていたので、実践してみました」

「そうでしたか。それは、いいことですね。ところで、またベテランのパートさんが辞めるそうですね。何かありましたか？」

「いいえ、何でもありません。以前から問題のあったパートでしたから、辞めてもらってかえってよかったんです」

「ここ羽咋では、次のパートさんは、なかなか見つからないでしょう。高橋店長、今日は少しゆっくり話ができますか？」


私たちは店の奥にある店長室に入り、二人で話を始めた。

「店舗の成績も最近は厳しいようですし、ベテランのパートさんも辞めると聞いて、高橋店長のお役に立つことがあればと、今日はやって来ました」

「売上が不振なのは、申し訳なく思っています。パートのことは不平分子が辞めただけですから、問題ありません」

「店長、どんな風にしてお店のスタッフと接していますか？」

「それは、ビジネスコーチングの理論に従って、**『あなたたちは、どうなりたいのですか？』**から聞いています。そうして、それをサポートして実現してあげられる店長でいたいと思っていますわ。日々の業務でも、自分たちで管理していけるように、シフトの組み方まで裁量を与えています」

「高橋店長、本当にそのやり方でいいと思っていますか？」

「はい、もちろんですわ」

「本当にそのやり方に自信を持ち、お店のスタッフの人心を掌握していると感じていますか？」課題があれば、彼女自身で発見し解決する他に道はない。しばらくの沈黙が続く。

私は、彼女を信じて待った。

二人の重い沈黙を破ったのは、

「……疲れました」という彼女の一言だった。何かから解放されるように話し、遠くを見る表情の高橋店長に私は、聞いてみた。

「疲れましたか……？　そうですよね。少し、高橋店長の気持ちを聞かせてくれませんか？」

ゆっくりと、思い出すように話を始める。表情は硬く、声も小さい。

「学校の英語の教師の仕事が大好きでした。今は、本屋の店長です。この仕事も嫌いじゃありませんが、学んだことを実践に活かしたいんです。だから、マネジメントやビジネスコーチングも学びました。それを現場で実践しようとしても、実はなかなか上手くいってないんです」

「そうでしたか……。学んだ理論が実践では上手くいかないのですね」

「こんなのって、おかしいと思いません？」

「高橋店長は、この店がどうなるのがいいと思っていますか？」

私は、彼女を深く信じた。彼女の誠実さや能力の高さを。そして、彼女なら必ずこの事態を解決できる、その答えは彼女の中にあるに違いないと信じて、答えを待った。長く深い沈黙の時間が流れた。

私の心の中では、「彼女を誘導してはならない。誘導してはダメだ。誘導からは、何も生まれない」と何度も叫んでいた。私からも笑みは消えていた。**人は、自分で気づいたことからしか行動に移さない。**この時間は、私にとっても真剣勝負の場である。

「専務、私どうしたらいいんですかね？　クイーンズブックスに入社して6年。経験も積みました。いろんなことも分かっているつもりです。だから、スタッフの皆に教えてあげたいんです。それが、きっといい結果に繋がると思って……」

「店長、スタッフの皆に教えてあげているのですね。スタッフのメンバーは店長とどんな関係になりたいと思っていますか？　店長にどんな風に接して欲しいと思っていますか？」

「私は、先代の強烈なリーダーシップをずっと目の当たりにしてきたんです。私は、あのリーダーシップに近づこうと、自分独自の理論でスタッフに接してきました」

「リーダーシップの形は一つだけですか？　先代のリーダーシップをベースにするのが一番いい方法ですか？」私はもう一度、同じ質問をした。

「高橋店長は、スタッフが店長とどんな関係になりたいと思っていますか？　店のメンバーは、店長にどんな風に接して欲しいと思っていますか？」

超弩《ど》級の信頼の気持ちを言葉に乗せて店長に質問した。

「自分達の話を聞いて欲しいと思っているのかもしれません」店長は、絞り出すように心の言葉を語った。

「スタッフの皆が店長に話を聞いて欲しいと思っている？　ということですか？」

「そうです。一方的に指示ばかりをしてきた気がします。教師が生徒に接するみたいに。そうなの、私これまでずっと、教師と生徒の関係のようにスタッフに接してきた気がします……」

「そうですか……。それでは、何から始めますか？」

「今日からでも、出勤しているスタッフとの時間を作って、皆の考えを聞いてみます」

「高橋店長、ここは一つアドバイスを差し上げてもいいですか？」

「はい、もちろんです、何でしょう？」

「コーチングを学ばれた高橋店長ならご存知でしょう。**傾聴・受容・承認**ですよ。**最後まで自分の**

価値観を横に置いて相手の話を聞くことができそうですか？」

「はい、大丈夫です。それこそ、コーチングの基本姿勢ですもの。私、コーチングの理論ばかりで実践が伴っていなかったのが分かります。今日、専務のコーチングマインドに接して、この感覚が久しぶりに甦りましたわ。ありがとうございます」急に彼女の表情が緩み始める。目に輝きが戻っている。

「それは、よかったです。それでは、次に専務としての私からの指示です」

「何でしょうか？」

「この地域、羽咋店ならではの『売るもの・売り方』で独自な店舗にするには、どうすればいいかを考えておいて下さい。そして、それを実現しましょう」

「今日は、とてもスッキリした気持ちになりました。分かりました。それもスタッフ皆と一緒に考えてみますわ。専務、期待していて下さいね」

彼女の笑顔を見て、羽咋店を後にし、昼の日本海を右手に見ながら、白山店に向かった。運転しながら、彼女の変化と成長を思い出していた。もしかすると、遠隔地の店舗で、彼女が一番辛かったのかもしれない。組織を守るということは、人を守るということだ。三国志にも「大事を成すとは、人を大事にすることである」と書いてある。と以前、奈央子に教えられたからな。

白山市に向かうべく、金沢市を越えて国道8号線を走る。この辺りは回転寿司屋の看板がロードサイドに多く点在している。そういえば、最近寿司食べていないな。昼ごはん時になったので、どこかに入ろう。

白山市の回転寿しのターンテーブル生産高が圧倒的に全国一なのは、金沢を中心とする石川県民の寿し好きに拠る所が大きいと思う。実際に金沢の回転寿しのレベルは、半端じゃない高さにある。東京から来た友人などは、金沢の回転寿しに連れて行けば、その味、量、新鮮さ、値段に必ず驚く。どれをとっても全国のどこにも負けることはない。

だから、回転寿しのターンテーブルも石川県白山市で発明されて、全国に広がったのだろうと思う。「もりもり寿し」や「ぽん太」が好きだなあ。まあ、どちらも絶品の大満足。今日の昼ごはんは、「もりもり寿し」にしようっと。

昼時で、店内は混雑している。新鮮なネタをのせたターンテーブルが回り、食欲をそそる。これまでのクイーンズブックスメンバーとの変化を思いながら、胃袋と心を満たしていった。

絶品の回転寿しで昼食を済ませ、白山店に向かう。

金沢市内通り過ぎて少し走ると、白山店が見えてきた。

「田丸店長、こんにちは」ちょうど、休憩時間のようで外のベンチで煙草を吸いながら缶コーヒーを飲んでいた田丸店長を見つけ、一緒にベンチに座る。私も自販機で缶コーヒーを買う。

「よう、専務さん来てくれましたか。待ってましたよ。あのSWOT分析とやらをやってみました。改めて、自分の店を見つめ直すことができましたよ。いい経験でした」

「そうでしたか。今日は、その続きをやりましょう」

「そうなんだよ。話をしてた**クロスSWOT分析**とやらを教えて欲しいなあ」

「分かりました。まずは、基本形からです」

カバンの中に入っていた白山店のクロスSWOT分析の表を見せながら、説明を始めた。

「自分の**『強み』と『機会』を検討して、『強み』の最大化と『機会』を最大限に生かす**ことを考えます。次に**『強み』と『脅威』を考えて、その悪影響を回避すること**を考えます。3番目に自分の**『弱み』と『機会』を考えて『弱み』で大切な『機会』を逃さない**ようにします。最後に**『弱み』と『脅威』を検討して、最悪の結果を回避**します」

「ふーん。なんだか、いまいちピンと来ないなあ」

「そうなんですよね。競合店が出てきた時のオリジナルSWOT分析をお教えしましょう」

「おう、それは楽しみだね、実践的なんだろうな」

「これで、自分の強みと相手の弱みを比較します。同時にこちらの弱みと相手の強みを比較します。自分の機会と相手の脅威も比較します。こんな風に相手と自分を比較して考えていきます」

「なるほどね。じゃあ、やってみよう。自分の強みは、文具に強いこと。相手の弱みは、文具の品

社会人の基礎知識⑩

SWOT分析▶クイーンズブックス白山店

	好影響	悪影響
内部環境	**強み(Strength)** ▶店長の文具の知識が豊富である。 ▶ベテラン社員が多く、商品知識や接客技術に優れている。 ▶学習参考書の品ぞろえが豊富である。 ▶子供たちへの読み聞かせを長年続けていて、地域に定着している。 ▶中高生向けコミックが圧倒的に強い。 ▶児童書の飾りつけは、人気がある。	**弱み(Weakness)** ▶店舗が古い。 ▶本の売り場が狭い。 ▶レンタルを扱っていない。 ▶品ぞろえが、従来のままで変わっていない。 ▶駐車場の白線が消えかかっている。 ▶ゆっくりくつろげるスペースが無い。
外部環境	**機会(Opportunity)** ▶中学校に一番近い。 ▶進学高校にも近い。 ▶年配者の方々に馴染みがある。 ▶競合の文具の品添えが画一的で貧弱。 ▶店舗後背地に若い家族向けの住宅地がある。 ▶中高生は、大型幹線道路の反対店舗に行きにくい。	**脅威(Threat)** ▶競合店の売り場は、大きい。 ▶競合店は、レンタルも本もある。 ▶競合店舗は、近代的な全国チェーンである。 ▶競合店は、本の在庫量も多い。

揃えが店の割には貧弱なこと」

「いいですね。商品量もそうですし、相手は全国チェーンの画一的な文具の品揃えですし、商品知識なら、クイーンズブックスの方が圧倒的だ。それでは、こちらの弱みと相手の強みを考えていきましょう」

「店舗が古いことに、本の売り場が狭いこと。レンタルもない。相手は、その逆で新しい全国チェーンの店舗だし、本の在庫量も多い。レンタルでは、随一の品揃えだ」

「次にこちらの機会と相手の脅威を考えてみましょう」

「そりゃあ、学校のすぐ近くにあるのが、うちの機会だよね。中学生も高校生も徒歩か自転車だから、国道の反対側にある相手の店には、行きにくい」田丸店長の言葉が段々と熱を帯びてくる。

「店長、ここまで見てきて、白山店の品揃えをどう思われますか？　昔は、地域に最初にできた地域一番店だったでしょうが、その頃から基本的な品揃えは、変わっていないじゃないですか？　近隣の大型店舗の縮小サイズ店舗になっていませんか？」

「確かに、そうだな。何も変わっちゃいない」

「どうしますか？　白山店の強みと機会を生かしたお店に大転換しませんか？」

「専務さんよ、面白いなあ。改装費用や社長への説得は、任せたよ」

「分かっています。それは、私の仕事です。お任せ下さい」

「燃えてきたなあ。この前の店長会議の唐戸店長みたいに、俺も社長の前で見栄を切りたいんだよなあ。ワクワクしてきたぞ」

「田丸店長、そのワクワクを形にして下さいね。私は、店長の思いを全力で応援しますから。今思っていることを少し、話してくれませんか？」

「まずメインのお客は裏の中学生、高校生。それに最近立ち並ぶマンションの若いファミリー層に絞るよ。品揃えは、文具と雑貨を店の半分位にしようかと思う。実用文具から若い人が好きなオシャレな文具と雑貨を充実させるよ」田丸店長の頭の中では、イメージが膨らみつつあるようだ。

「本の品揃えは、どうしますか？」

「相手があまり置いていない学習参考書を圧倒的に充実させよう。コミックに若者向け文庫、そして児童書と育児書かな？」

「店長、それじゃあ排除するものは、何ですか？」

「そうさな。専門書とか文芸書、ビジネス書や、人気があるからって置いていた時代小説は、どうするかな」

「随分と思い切ったプランですね」

「専務さんよ。どこかで話したそうじゃないですか。『愚かさとは、過去を繰り返しながら違う結果を求めることである』って。俺は、愚か者だったと思うよ。でもね、これからは、クイーンズブックス白山店の可能性に賭けてみることにしたんだ」

「田丸店長、素晴らしいですね。ついでにアドラーの言葉を紹介します。**『あなたの描く未来があ**

なたを規定しているのだ。過去の原因は、解説にはなっても解決にはならないだろう』。どうか、しっかりと、新しいお店をイメージしてみて下さい。白黒じゃなくてフルカラーの4Kで。できれば匂いも音もイメージしてみて下さい。それは、きっと叶います」

「競合店ができて以来、ずっと愚痴ばかり言ってたよ。つまらん毎日だったよ。でもね、専務のおかげで何やら難しいことを教えてもらってSWOT分析とやらを理解して、俄然とやる気が出てきたよ。ありがとう」

この人は、こんなにも生き生きとした人だっただろうか？　人から「ありがとう」と言われて、こんなにも嬉しい気持ちになれるのか。

「そうですか。私も話を聞いていて嬉しくなりました。一緒に頑張りましょう」

クイーンズブックスに来て一番うれしい時間だったかもしれない。

さあ、今夜も帰りはBAR白樺に寄ろう。

「健ちゃん、いらっしゃーい。今日はご機嫌ね」

「分かる？」

「分かるわよ。健ちゃん単純だもの」

「今日は、そんな嫌みも気にならない」

「どうしたの？　それで、今日は何にする？」

「いつものジェムソン」水割りが出てくると、私は高橋店長のことや田丸店長のことを嬉しい気持ちと共に手短に話した。

「ふーん、そうなの。よかったじゃない。健ちゃんにしては上出来。ダッシュ・イレブンとの併設出店の話も進んでいるの？」

「まあ、そうだな。それにしてもダッシュ・イレブンの皆さんの仕事のスピードには舌を巻くよ。もの凄いスピード感だね。ちょっと、これまでの私には経験がないよ。即断即決で目的に向かってまっしぐら」

「そりゃあ、日本一の小売業とのんびり本屋じゃ比べ物にならないと思うわ」

今日は、奈央子の嫌みも右から左に抜けていく。

「健ちゃんは、マツダミヒロさんが主宰する『魔法の質問認定講師』セミナーを受講したことあるのよね」

「ああ、そうだな。14期生だ」

「どんな学びがあるの？」奈央子が興味深そうに聞いてくる。

受講して学んだことを話そうとすると、今日は団体さんが店に6人で入って来て、奈央子も忙しくなる。

「奈央子、お代わり」

奈央子が微笑んで返す。

いつもは静かなこの店も、今日は団体で騒がしい。もの思いに耽ることもできずに、しばらくして2杯目を飲み干すと、今日は早々に退散することにする。

帰り道、思い出していた。私が以前受講した山形の2泊3日セミナーと、そのまた1か月後の東京での1泊2日セミナーに参加して得た、現地での体験や学んだことは、とても言葉で伝えきれない。

『魔法の質問』をコーチングの一種と言うには、収まり切れないものがある。質問だから、相手の中にある事実と感情を積極的に把握しようとするアクティブリスニングではあるのだが、私のもっと深い部分を揺さぶっていた。

「目の前の人を幸せにするために何ができるだろう？」

セミナーでの一番の質問である。

セミナーで私の質問『どうしたら、相手の行動と意識に変化が生まれますか？』に対してマツダミヒロさんはこう語ってくれた。

「行動が生まれない場合の理由として『なぜやるのか？』の理由が、その人の中に生まれないと難しいと思います。その理由を作ってもらう、もしくは、作るサポートをあなたがすることが大切です。**行動が生まれる理由が自ら生まれないと、行動は長続きしません**」

この言葉がコーチングやNLPを中途半端にしか学んで来なかった自分を捉えて離さない。

この気づきを店長たちに伝えることができれば、クイーンズブックスは、もっと大きく変われるのかもしれない。そして、私も変わろうとしていた。クイーンズブックスのメンバーと共に変わろうとしていた。変わらなければ、誰もが生き残れないからだ。

私は、ドラッカーの至言である、

『君は何によって記憶されたいのかな?』

の答えを探し続けていた。私は、黒木社長や店長たちに、そしてクイーンズブックスで働く人たちに『何によって記憶されたい』のだろうか？　変化することを恐れ、茹でガエル状態だったクイーンズブックスから、私たちは変わろうとしていた。まず、私が変わろうとしていた。

第9章◉手のひらを返す

雪国金沢も、夏はとても暑い。ピークは2週間ほどであるけれど、耐えられない暑さになる。そんな中でも、一つだけいいことがある。朝の駐車場の水撒きの時に水霧で虹が見え日がある。そんな時は、「いい日になりそうだ」と自分に話しかけて一日を始める。

その夏も過ぎ、政策金融公庫の支援もあって、月々の返済は確実に払えるようになった。8月決算も6年ぶりに僅かながらの黒字決算になりそうである。

白山店の改装は、田丸店長のアイディアが見事な形になりそうである。11月にはリニューアルオープンできそうだ。お約束通りに定例の店長会議では田丸店長に、社長の前で「お任せ下さい。このリニューアル必ず成功させます」と見栄を切る場面を作ってあげた。社長も坂出部長も他の店長も、小松店の時とは違ってみんな微笑んでいた。

ダッシュ・イレブンとの契約も済ませ、来年3月のオープンに向けて準備が始まった。トイレの移設をやめて、水道管の工事がなくなるなどしたお陰で、当初予算の2000万円から大幅なコストダウンができた。1200万円程で出来そうである。さらに削減できないかを坂出部長が検討している。

そんなある日、クイーンズブックスの多額の借入口座がある金沢銀行野々市支店から、私に対して「来週、支店に来て欲しい」との電話があった。何事だろう？　胸騒ぎがする。

翌週になり、本社から車で5分の金沢銀行野々市支店に向かう。いつもここへは、坂出部長が来ているので、私が来たのは、銀行への定例報告を除けば久しぶりだ。

約束の時間の5分前に支店の入り口に向かう。

「いらっしゃいませ」ATMコーナーに立つ女子行員から元気のいい声がかかる。

昔からの顔見知りもいる。その一人の女子行員が声をかけてくれる。

「あら、鏑木専務。ようこそ金沢銀行野々市支店へ。最近のクイーンズブックスさんは、好調のようですね。行内でも評判ですよ。さすが、鏑木さんだって」

「いやいや、まだまだだよ。今日は、支店長に呼ばれてるんだ」

「そうですか。それでは、応接室へご案内します」

応接室で待っていると、電話をしてきた野々市支店長だけでなく、支店を統括する本社営業部長も一緒に入って来た。

「あら、これは松本部長じゃないですか。御用であれば、私から伺いましたのに」

「いやいや、今日は、こちらからのお願いだからね。クイーンズブックスの業績が好調で何よりだね。頼みというのは、他でもない融資のことだ」部長は、私との視線を合わさずに話し始めた。

「部長、分かっています。『担保もない中小企業には貸せん』でしょう」とできるだけにこやかに答えようとした。ところが、部長は意外な言葉を口にした。

「いや、違う。この金融緩和の時期にそうも言っておられん。君は、我が行の出向者だ。分かってくれるだろう。今後の借り入れは、当行からにしてくれ給え」

しばしの沈黙が二人の間に流れた。気が気でない支店長の息遣いまで聞こえるようだ。

私の顔からは、さっきまでの笑顔が消えたが、せめて怒りを顔に出さないようにと、唇を噛んでいた。松本部長の仏頂面を見ながら、この数か月のことを思い出していた。

クイーンズブックスの借入金回収が私の使命じゃなかったのですか？　出向直後にあれだけ資金繰りに窮した時も、一切応じてくれなかったのに、今さら何を言うのか。それを少しばかりクイーンズブックスの業績が回復し、政策金融公庫が融資に応じたからって、手のひらを返したように……。

私が何を言おうが、私の苦労も知らないこの男から言われるのは、想像がつく。

「鏑木君、君も長いこと銀行の飯を食ってきたんだから、そこのところは分かっているだろう。『雨が降れば傘を取り上げ、雨が上がれば傘を差しだす』それが、銀行だ。君の気持ちも分かるから、今日はこうして野々市支店まで来て、君に頼んでいるんだよ」

ソファーに深く座るこの男の顔から私は目を逸らし、自分の怒りに気づかれないようにと下を向き、奥歯を強く噛みしめていた。資金調達もできない銀行からの出向社員として「首切り鏑木」と揶揄され、後ろ指を差された日々を思い出す。

私は、できるだけ感情を抑えて、こう答えた。

「部長、クイーンズブックスへの高いご評価ありがとうございます。支店長には、定期的にご報告しておりますが、お陰様で今期は久し振りに黒字決算の見通しです」

「うん、聞いておる。今期の途中から取り組んだコスト削減策で黒字化するなら、この効果が通期で表れる来期も黒字化が見通せるだろう。しかもダッシュ・イレブンの併設店舗など前向きな資金も必要と聞いている。今後は他行へ浮気をせんように。頼んだぞ」

私は形式通りに立ち上がり、下を向いて、お辞儀しながら舌を出していた。

私は、金融機関の信頼を勝ち得るために三つのことを着実に実行してきた。これが、きっと効果があったのだろう。

・再建計画書の提出（3年分）
・実際の収益の改善結果（コスト削減と売上増の具体策）
・継続的な企業情報の開示（経営状態のディスクローズ）

この三つの忠実な実行が、今日の思いもよらない金沢銀行からの融資の申し出に繋がったのは間違いない。元来、お金を民間企業に貸すのが銀行の使命だ。彼らが一番心配しているのが回収リスクだ。この懸念を完全には払拭できなくても、低減させてやることはできる。彼らも組織の人間である。正当な理由づけが必要なのだ。その理由づけにこの3点セットが有効なのだ。

「ところで、鏑木君、経営改善計画書にも出てくる『セレンディピティーな店舗』の意味を教えてくれないかね」

「承知しました。ガンジスを始めとするネット書店が隆盛なのは、部長もご存知でしょう。ワンクリックで翌朝には手元に本が届く時代です。その時の街の本屋の役割を考えてみました。これは、本屋だけでなくあらゆる小売業に求められていることだと思っています。セレンディピティーとは、**『偶然の幸運を発見する能力』**のことです。誰にも備わっています。人と人が出会うことも、お店で人が本と出合うことも、このセレンディピティーのお陰です。本屋に行くと、気になる本が目に飛び込んできませんか？」

「うん。まあ、そうだな」本当に興味があるのか分からないが、聞いてはくれている。私は続けた。

「その本は、人によって違う本だと思います。そんな**『人と本との出会いの場を提供すること』**が、ネット隆盛の時代に街の本屋に残された大切な役割だと思います。人には、誰にもセレンディピティーがあり、その能力がその人の人生を豊かにしているんだと思います。部長もお忙しいでしょうが、是非本屋にも足をお運び下さい」

「ふーん、なるほどね。勉強になったよ。時間があれば、そうすることにしよう」まあ、あんたは、来るまい。

「ところで鏑木君。君のところではネット書店はやってないのかい？」意外な質問をしてくるなあ。

「はい、クイーンズブックスのオリジナルではありませんが、仕入先のトーリューが主宰するネット書店『i-hon』があります。このサイトでご注文いただければ、ご自宅へお届けもできますし、指定店舗でも受け取れます」

「でも、自宅へ配送では、君のところの売上にはならんだろう」

「いいえ、会員登録する際に登録書店を決めることになります。その時にクイーンズブックスのどの店舗でも選んで、登録して下されば、我が社の売上になります」

「調達スピードは、どうなんだね？」

「クイーンズブックスから届けるのではなく、東京のトーリューから届けますので、首都圏では、ガンジスと何ら遜色ありません。地方でも2日か3日で届きます」

「分かった。本社で総務部長に言って、行員には君のところで会員登録するように伝えておこう」

部長のこの言葉、本当かなあ？

「部長、ありがとうございます。お言葉に甘えて、お願いがあります」

「なんだね？　この際だ、言い給え」頼まれごとを予感した部長は、ちょっと身構える。

「銀行の待合スペースの雑誌の購入は、各支店の予算で決済されることは承知しています。この雑誌を年間定期購読申込でクイーンズブックスから買ってもらえるように、金沢銀行本社総務部長名で通達して下さるのは、可能でしょうか？　年間購読一時払いならば割引できる銘柄もあります。今度一覧表を申し込み書にしてお持ちします」

「分かった。君も隙がないね。相変わらずだ。このことも併せて私から伝えておくよ。ただ、知っての通り各支店の予算と各支店長の決済だから、君の営業力次第だな」

「承知しました。それでは支店長、早速ですが、ここ野々市支店ではお願いできますね」

「わ、わかりました」

それから、1か月も経たぬうちに金沢銀行の行員のみんながネット書店『i-hon』の会員になってくれて、会員数がうなぎ登りになった。銀行の待合室の雑誌も、金沢銀行全支店65店舗のうちの46店舗から申し込みがあった。金沢銀行本社総務部長名での通達があったにしても、みんな私のことを覚えてくれて応援してくれてたんだな。ありがたい。

部長との面談が終わり、金沢銀行野々市支店から本社に帰った私は、社長に金沢銀行からの融資の申し出があったことを伝えたが、「そう、よかったじゃない」と素っ気ない返事が返ってきた。社長としては、先代が亡くなって会社を引き継いだ時には、すぐに会社の多額な借入金に対して個人保証をさせられ、訳の分からぬままに社長になり、資金繰りが厳しい時は助けてくれず、出向者まで受け入れさせられて、思うところもあるのだろう。私が今日、松本部長に怒りを持った以上に黒木社長の中には、金沢銀行への恨みがあるのかもしれない。

「社長、今日もお話しできる時間は、ありますか?」

「ええ。今からでもいいわよ」明るく返事をしてくれる。

「それでは、各店の取り組みと今後の展開について改めてご説明させて頂きます」

「それはよかった。改めて説明して欲しいと思っていました」とても興味深く、私の話に耳を傾けてくれる。

「まず、小松店です。会議でご承認を得たようにダッシュ・イレブンさんとの併設店舗計画が進んでいます。来年の3月1日リニューアルオープンの予定で、順調に進んでいます。次に、白山店です。田丸店長のプランでは、近隣の競合店との差別化のために文具と雑貨を強化して、本の品揃えも店舗裏の中高生とニューファミリーに絞ったものにしていくプランです。『クラフト・クイーンズブックス白山店』としてこの秋にも生まれ変わります」

「それは、面白いわね。どちらの店舗も内外装の改修でお金も必要ね。金沢銀行さんも、きっと貸して下さるわよね」

「大丈夫です。こういう前向きな資金なら、必ず貸してくれます」

「頼もしい。期待しています」この言葉に、少しばかり皮肉が込められている気がしたのは、私の気のせいだろうか?

「次に、羽咋店です。高橋店長は、いろんなプランをメンバーで相談しながら決めています。羽咋市は、有名な農家経営の直売所『神子《み》の里』があります。ローマ法王に食べていただいた『神子原《みこはら》米《まい》』に、日本一高くて旨いと評判の日本酒、『客人《まれびと》』など、様々な特産品があります。この地域性と、本屋の集客力と情報発信力を合わせた店舗を計画中です」

「なんだか、聞いていて私までワクワクしてきましたわ。他の店舗の計画は、どうなっているの？」黒木社長の輝く目には、彼女の心の中の光まで映し出しているようだ。

「社長、ご安心下さい。ある程度形になりましたら、きちんと経営会議でご説明します。それから、桜田店のリニューアルは、これまでにない全く新しい業態の店舗が必要です」具体的なプランはまだ固まっていないが、ぼんやりとした方向感は、私の中で出来つつあった。

「そうねえ。あそこに未来の可能性はあるかしら？」

「可能性はあります。もちろん桜田店には、大胆なプランが必要です。それでも方法はあります。そして加賀店は、カピタ加賀への移転計画を進めます」

「以前も言っていたわよね。カピタ加賀への出店交渉なんて可能なのかしら？　カピタグループとの交渉、銀行との交渉、そしてナショナルチェーンとのコンペ。考えただけでもエベレスト級の困難が待ち受けている気がしますわ」社長は、自分の不安な気持ちを隠せないが、当然だろう。

「社長、為せば成る、です。カピタグループもクイーンズブックスも同じ石川県の企業です。銀行の貸し出し姿勢の変化については、先ほどお話いたしました。ナショナルチェーンとのコンペも、地元密着を打ち出すプレゼンをして勝ち抜きましょう」

「鏑木専務は、本当に何でも前向きなんですね」

「まあ、それだけが取り柄です」まあ、能天気だけなのかもしれないが。

「あと……、本店はどうするの？」

「本店もリニューアルしなければなりません。世の中が進歩し、お客様が変化し続ける以上、小売店は、どんな業種でもそれに応えていかなければ、衰退するだけです。停滞は、後退です。ただ、今のところ大きな黒字店舗ですし、経費が今期はかさむので今期のリニューアルは見送り、外商を検討してみます。図書館販売です」

「図書館販売ね。大変よ、参入障壁が高いから。まあ、検討してみて下さい。これで、既存店舗の改修計画は分かりました。話し合いながら進めてまいりましょう」

いつの間にかに、社長は自信をつけ始めている。それが、態度や言葉にも表れるようになってきた。頼もしいことだ。

「もちろんです。社長にも店長にも、店のスタッフにも理解を得なければ、成功できません」

もう、昼時になっていた。

「社長、どうです。たまには、ランチご一緒しませんか？　近くにお洒落なイタリアンのお店が出来たそうですよ」

私の急な申し出に一瞬戸惑った社長だったが、すぐにいつもの笑顔になって、

「美味しそうね。連れてって下さる？」と微笑んでくれた。歩いても行ける距離だったが、外はま

だ残暑が厳しいので、車でレストランまで移動した。

エアコンが効いた涼しい店内で、二人とも日替わりパスタ、サラダ・コーヒーつきを注文した。社長と二人で食事をするのは初めてだ。亡夫の美人社長ということで、変な気を遣い過ぎていたと思う。もっと、フランクな時間を持ち、色んなことを話そう。いつかは「BAR白樺」に一緒に行くのもいいなあ。奈央子は、きっと驚くだろうなあ。そんなことを思っていると、社長が驚くことを聞いてきた。

「専務さんに聞きたいことがあるの。会計のことです。二つあります。一つは、損益分岐点売上高の計算方法です」私は、びっくりして椅子から落ちそうになった。

「間違っていたら、教えて下さいね。『損益分岐点売上高』は、売上がその金額を下回ると赤字になり、その金額を上回ると黒字になる売上高よね。この金額は、どうやって計算するの？」私の目は、点になった。

「社長、もう一つはなんですか？」辛うじて聞き返すことができた。

「もう一つは、店舗ごとの採算計算をする時に税理士さんから『これは、管理会計ですから』と説明されるの。専務さんから教えてもらったのは、『財務会計』でしょう？　この『管理会計』と『財務会計』の違い、そして、その『管理会計』の正しい見方が知りたいの」

変われば、変わるものだ。経営に対して前向きになっている。会計にも興味を持ち始めている。

黒木社長の社員を思う気持ちや仕事に誠実な姿勢を見ていると、経営者としての知識や経験は足りないが、その資質は十分に持ち合わせている気がする。

「社長、分かりました。できるだけ分かり易くお話します。この二つをお話しすれば、私から社長への会計についてのレクチャーは終了になります。まずは、パスタランチをいただいて、アイスコーヒーを飲んで、会社に帰ってからご説明しましょう。それからでもいいですか？」

「あら、ごめんなさい。こんなところで、失礼しました」レストランのレースのカーテン越しの昼の日差しが柔らかく社長を包み、眩《まぶ》しいくらいだ。

二人分のランチが出てくる。とても美味しいカルボナーラのスパゲッティーだ。他愛もない会話で昼休みが過ぎていき、また車で事務所に戻る。

二人で社長室に入る。

「鏑木さん、ありがとう。これで、鏑木さんのレクチャーが最後かと思うと、何だか残念なような、嬉しいような」とほほ笑む。

「ありがとうございます。さあ、始めましょう。決算書は、税理士さんのためのものでもなく、経理部長が独占するものでもなく、経営に生かすべきものです。一言で言うと、**『決算書は、企業に対するお客様や社会からの評価の通信簿』**です。だから、銀行は決算書を見て、その企業が成績優秀者なのか、いまは不調でもこれから改善して伸びていくのかを判断しています。そこには、冷徹な資本の論理があるだけです。金沢銀行のクイーンズブックスへの融資の姿勢の転換もこの論理が働いただけです」

「まあ、あの人たちもお仕事ですからね」冷めた口調の社長だが、冷静に続ける。

「まず、『財務会計』と『管理会計』についてご説明します。決算書そのものである『財務会計』**は、銀行などの外部の第三者も見るものなので、表記や評価などの基準が厳格に決まっています。**ですから、誰が見ても同じように判断できます。一方で**『管理会計』は、主に内部の人間が、経営判断のために見る数値です。**数値の元データは、もちろん『財務会計』と同じものです」

「ふーーん。そうなのね。それじゃあ、何が違うの」

「『管理会計』は、その同じ数値を基にして、いろんな加工をします。一番の典型的なものが店舗ごとの収益算出です」

「そうなのよね。店舗別採算表を定期的に税理士さんからもらうのですけれど、ただ眺めているだけなの」

「どこが一番、分かりにくいですか？」

「そうねえ。例えば、羽咋店の収益を見ていて、黒字なのに『本社配布費』のコストが加わると、赤字になっちゃうの。羽咋は、赤字だから撤退した方がいいのよね」

「社長、それは違います」

「違うのね。大体、『本社配布費』って何物なの？」

「本社のコストは、社長を始めとする本社スタッフの人件費や本社サーバー費用に、税理士事務所への支払い、銀行への金利支払いなどが含まれています。本社は全く売上も利益も生まないので、便宜的にこのコストを各店舗に振り分けています。振り分け基準は、売上高占有比率に従う場合が多いようです」

「本社でかかるコストを便宜的に振り分けているだけなのね」

「そうです。ですから、先ほどの羽咋店は黒字ですが、『本社配布費』を便宜的に振り分けると赤字というだけです。この便宜的にコストを振り分ける前の羽咋店自体は、黒字で利益を出していますから、閉店してはいけませんね」

「実際に管理会計の資料を見なくちゃ理解できないわ」不安気な表情は隠せない。

「そうですね。税理士さんが『店舗別採算表』や『部門別採算表』を作ってくれています。そこで『本社費』という項目を見つけて、この便宜的なコストを除いても赤字なら撤退すべき対象だし、黒字なら継続すべきと考えればいいです。ここまでは、いいですか？」

「本当は、まだちょっと分かってないけれど、感覚だけはつかめそう」

まあ、しかたない。具体的なデータを見れば、理解してくれるだろう。

「さて、その『店舗別採算表』では、店舗ごとの売上とコストと収益が出ますね。その時に見るべきコストのポイントを考えていきましょう」

「教えてちょうだい。これが一番大事だと思うの」

「社長、その通りです。まずは、本屋だけでなくどんな業種でも見るべきは、**『売上高対人件費比率』と『売上高対水道光熱費比率』**です」

「この比率って何でしたっけ？」

「売上高に対する人件費の割合が『売上高対人件費比率』で、売上高に対する水道光熱費の割合が『売上高対水道光熱費比率』です」

「そうでしたね」思い出して、ちょっと安心した様子である。

「さて、この数値は、業種によって異なりますが、設定した目標に達していなかったり、異常値であれば改善が必要です。例えば桜田店の水道光熱費比率が、以前は3・5パーセントと本屋の一般的な1・5パーセントよりも大きかったですよね。この原因は、水道管からの漏水でした」

「確かに桜田の水道管の件は、もっと早く見つけていたらと思います。鏑木専務が来て、ただ眺めていた『店舗別損益表』を真剣に調べて、異常値が分かり漏水を疑い、修理して大きく改善されましたものね」

「社長、これが『決算書を経営に活かす』一つの事例です。あとは、『売上高対人件費比率』のことを私がずっと店長会議で言うのも、この数値が一定の水準を越えてしまうと、店舗の赤字化が避けられないからです」

「そうね。あれから、店長たちは人件費を随分と気にするようになりましたものね」

「それでは、これから出店を検討しているカピタ加賀店の採算計算は、どうしているかを考えましょう。これができたら『管理会計』は卒業です」

「あら、何だか怖いわね」と、社長が不安げに微笑む。

「まず、予想売上を出します。これは、自分の経験や仕入先に聞くのがいいでしょう。本屋ならトーリューや日流に聞けば合理的な数字を出してくれます。次に『販売原価』を考えますが、これは他店のものを参考にします。これで、売上高から『販売原価』を引くと『売上総利益』（粗利益と同じ）が出ます。どうですか？」

「あらあ、今まで習ったことが次々に出てきますわね」納得するように社長が応えてくれる。

「そして、『店舗別損益表』に書かれているコスト一覧に従って、人件費や光熱費などの想定コストを出します。この中には、以前に習った『減価償却費』も含まれています。『売上総利益』からこれらのコストを差し引けば、『営業利益』が出せます。これで、この店が黒字になりそうなのか、赤字が避けられないのかを判断します」

「あら、ホントね。決算書って役に立つのね」

本来なら、これに初期投資金額の回収期間や在庫金額の回収期間、さらにその資金の調達コストも考える必要があるが、今これを教えれば混乱するだろう。まずは、ここまでで良しとしよう。

「社長、これが『決算書を経営に活かす』です。カピタ加賀に出店した際の計算をしてみました」

「そうなの？　それで結果はどうでしたか？」

「まだ、家賃その他が分かりませんので、確定的なことは言えませんが、今の加賀店よりも利益は増えそうです」

「あらあ、本当？　それじゃあ、出さなきゃね」嬉しそうに顔をほころばせる少女のような仕草の黒木社長を見ていると、絶対に出店し成功させなければと、改めて決意を固める。

「そうです。もちろん売上予測が外れるリスクもありますが、カピタ加賀に出店する採算分析において黒字ですから、出店すべきです」

「そうね。その話だと、出店すべきね。それに売上予測は、今の加賀店の移転が前提だから大きくは外れないわ」

「この採算分析は、坂出部長と何度も話し合って出したものです。何としてもカピタ加賀への出店を果たしましょう。『カピタ加賀には、会計面の経営判断においても出店すべし』です」

「専務、これがずっとあなたが言ってらした『決算書を経営に生かす』の本当の意味なのね」

「社長、お分かりいただけましたか。ありがとうございます。本当に嬉しいです」

「さあ、最後に『採算分岐点売上高』の出し方を教えて頂戴」

「分かりました。ただ、ちょっとコーヒーブレイクしませんか？」

「あら、それはいい考えね。亡くなった主人が愛用していたコーヒーミルで豆を挽きますわ」

しばらくすると、部屋のテーブルに薫り高いコーヒーが運ばれてきた。

「社長、美味しいですね」とても、風味豊かな珈琲だ。さっきのレストランではアイスコーヒーだったが、やっぱり珈琲はホットのブラックだよな。

「社長、では始めましょう。**『採算分岐点売上高』**ですが、企業はこの売上高を越えれば黒字になり、これを下回れば赤字になる境目となる売上高です。これを厳密な意味でお教えするのは無理なので、考え方だけをお教えします」

「……もったいぶってるなあ」

「そんなつもりじゃありません。さて、この理解には『変動費』と『固定費』の理解が必要です。**『変動費』というのは、売上高に従って変動する費用のこと**です。ここは、大丈夫ですね」

「そうね。典型的な変動費は、材料費かしら。本屋なら販売原価費用。それに雑誌袋やブックカバーかしら？」

「そうです、その通りです。**『固定費』は、売上高と関係なくかかる費用のこと**です。何があると思いますか？」

「本屋なら、家賃でしょう。水道光熱費でしょう。人件費もかしら？」

「厳密にご説明できないと申し上げたのは、例えば外商活動で、その人が売った分だけマージンを歩合でその人に渡していたら、人件費は『変動費』になってしまいます。極端な例でいうとタクシー会社の人件費や、生命保険会社の外交部員の人件費は売上で変動するから『変動費』です」

「なるほどね。それで、『変動費』と『固定費』で損益分岐点売上高が分かるのね」

「はい、分かります。『変動費』から、『変動費比率』を出します。つまり、売上高に対する変動費の比率です。具体的に計算していきましょう。仮に100万円の売上高で変動費が80万円とすると、変動費比率は、『0・8』ですね。ここは、いいですか？」

「大丈夫です」真剣な眼差しで聞いてくれる。

「この『0・8』を『1』から引いた数字を**『限界利益率』**と言います。この場合だと『0・2』になります。固定費が仮に30万円だとします。この30万円を『0・2』で割ります。30万円÷0・2＝150万円と計算できます。これが採算分岐点売上高です」

「何だかとても簡単そうな、難しいような感じね。それじゃあ、赤字店舗を黒字化するには、どうすればいいの？」この採算分岐点の考え方を経営に活かそうとしているのが、社長のその真剣な眼差しから分かる。

「そうですね。この場合（売上100万円で限界利益率0・2）なら、売上を150万円まで上げるか、固定費を20万円まで下げるのが採算分岐点に達する方法です。（20万円÷0・2＝100万円）いかがですか？　お分かりになりましたか？」

「そうか、だから専務は、固定費である人件費と水道光熱費を下げるように繰り返し言っていたのね。ねえ、そうでしょう？」

「そうですね。分かっていただいて、私は心から嬉しいです。涙が出そうです」

「私も、鏑木専務が、決算書が少しも分からない私に熱心に何度もその見方を教えて下さったのか、その本当に意味が分かりました。嫌味なこと言ってごめんなさい」

何だか、本当に泣きそうになる。

今日で、社長への企業会計レッスンも終了である。長足の進歩だった。理解が深まるに連れて、会社の経営も回復していく。こんなに嬉しい日もない。今夜もBAR白樺だな。


「いらっしゃーい」笑顔の奈央子が迎えてくれる。

「健ちゃん、今日もご機嫌ね」

「今日はね、奈央子とも乾杯するから」

「あら、ありがとう」この時間は、いつものように他の客がいない。

「カンパーイ」二人で、冷えたビールを飲み干す。

「美味しいねー。残暑だし、生ビールは最高ね」

「まあ、そうだ。一杯目にはこれが一番だ」

「経営改善も順調みたいね。この前来た金沢銀行の人も『さすが、鏑木だ』って言ってたわよ。健ちゃんは、何で銀行で偉くならなかったのかしらね」

「僕はね、今の仕事にもポジションにも満足しているし、金沢銀行にも感謝しているんだ。こんな中途半端で、トラブルばかり起こしてきた鏑木健一をクイーンズブックスに出向させてくれて自由にやらせてくれてるよ。我がサラリーマン人生に悔いなし」

雨音が聞こえる。この雨が打ち水になって、今夜が少しでも涼しくなるといいなあ。

「へえ、かっこいい。じゃあ、今日も面白い話を教えてあげる。成功すると必ず、出てくる人がいます」

「その前にお代わり。今日はブッシュミルズをストレート、チェイサーつきで」

「10年、16年、21年。どれにする？」

「10年でいいよ」21年もあるのか？　高いだろうなあ……。

ブッシュミルズがチェイサーと共に出てくる。

「うん。それで、どんな奴が出てくるんだい？」

『俺には、初めから分かっていたよ。成功するって』と言い出す人」

「いかにもいそうだな。どこの世界にも」

「まあ、一番信用ならない奴ね。その癖に苦しい時に、その人は決して助けてくれない」

「分かるなあ」いろんな奴が思い出される。

「そして、健ちゃんと違って、その人は決して困難には飛び込まない。結果が出ると評論家になるの。そんな後出しじゃんけんみたいなことを言う人の心理を、**『ハインドサイト・バイアス』**と呼ぶの。ギャンブルなんかでは、いつも出てくるわね。買わないくせに『当たると思っていたんだ』まあ、こんな人は信用しないことね」

「大丈夫。クイーンズブックスには、まだまだ困難が待ち受けているから、そんな奴が出てきたら、成功の証とも、勲章にも思うことにするよ。クイーンズブックスは、これからの本屋の未来を作っていくんだ。流行を作るんだ」

「相変わらずの健ちゃんね。流行を作る話が出てきたから、もう一つ教えてあげる。よくファッション雑誌に出てくる『今年の流行色は○○です』って記事があるでしょう。街の流行色ってどうやって決めていると思う？」

「そりゃあ、トレンドウォッチャーみたいな感性鋭い人がいて、街の中の様子を見て予測するんだろう？」ブッシュミルズを口にすると、その香りが口の中に広がるなあ。

「やっぱり、お人好し健ちゃん健在ね」

「何だよ、感じの悪いその言い方」

「考えてもみなさいよ。そんな人が予測してから、メーカーが糸を作り、布を織り、服を作っていて、移り気なお客様の満足が得られるタイミングで、商品を市場に出せると思うの？」

「まあ、そうだなあ。分かりました、参りました。降参です。教えて下さい」

「実はね、フランスに本部があるインターカラーっていう組織で流行色を決めているの。『今年の秋の流行色は、黄色です』なんて感じで。この流行色は、かなり以前から決めてメーカーに伝えられるから、その時期に間に合うように糸も作り布も織り、季節に間に合うように製品化できるの」

「そうなのか、知らなかった。凄い仕組みだね、合理的だよ」

「驚くのは、まだ早いの。流行色を決める訳だから、翌年は違う色が選ばれるの。そうすると、買い替え需要も促進できるでしょう」

「何だか、怖い世界だなあ」

「ドラッカーの至言に**『企業の目的は、顧客の創造にある』**ってあるわよね。このインターカラーのやり方が、ドラッカーの至言に沿うものなのか、消費者を欺いているものなのかは、私には分からないわ。でも、考えてみる価値はあるわね。健ちゃんは、どう思う？」

黙り込んでしまった。奈央子のこの質問に答えることは出来ない。ただ、クイーンズブックスの新たな店舗は、お客様のことだけを考えて作っていこうと改めて思う。


来た時よりも足取り重く、帰宅の途についた。

秋が深まれば、すぐに金沢の山々は、紅葉に彩られ美しさを競う。そうなると冬の足音は、早い。

来月には、白山店のリニューアル。その次には羽咋店の新業態での展開。来年3月には、小松店でダッシュ・イレブンとの併設店舗。桜田店では、コンセプトショップを作ろう。そして、再来年の1月には、カピタ加賀への出店だ。

第10章◉セレンディピティー

季節は秋から冬に移り年も明け、2月の厳寒の時期である。

全国初になる、本屋とダッシュ・イレブンが併設する小松店のリニューアル改装工事も順調に進み、予定通りに来月の3月1日に開店できそうだ。


今日は、小松に寄ってみよう。2月の石川県の寒さは、県外から来た人には耐えられないそうだが、僕らはその雪景色の中に、蕨《わらび》やフキノトウを見つけて春を探すのが喜び。

雪の残る山々を眺めながら、金沢から小松店に近づくと、工事が順調に進んでいる店舗が見えてくる。国道沿いのこの店舗は、コンビニとしても好立地だそうだ。

「唐戸店長、こんにちは」

「おう、よく来てくれたね」

ニコニコ顔の店長が迎えてくれる。工事現場を歩きながら、話を始める。

「いよいよですね。工事も順調のようですが、クイーンズブックスの店舗のレイアウト変更もイメージ通りですか？」

「そうだなあ。いろんな困難もあるけれど、ダッシュ・イレブンとクイーンズブックスの間にあるイートインコーナーは、両方のお客様が利用できる形になっているので、ここの使い方がポイントになるな。それと、専務のお陰でＬＥＤ照明の調光タイプが入っているから、皆で相談して手前から奥へと照度を高めるように工夫しているんだ」

「それは、どんな効果があるのですか？」

「こうすると、店の奥への視認性が高まり、客導線が伸びる可能性がある。それと、雑誌棚もダッシュ・イレブンと行き来するドア付近に設置して、双方の融合性を高めたよ。確かにダッシュ・イレブンは雑誌を売るが、本はこちらが本家本元だ。扱いアイテム数は、こちらが圧倒的に多いよ」

自信満々に話をしてくれる。

「聞いている私がワクワクしてきます。ところで、以前に話しかけた『店長に一番大切な資質』について、そろそろ教えて下さいよ。それから、私の質問『本屋は何を売っているのか』の答えも」

唐戸店長は、ちょっと考えて話を始めた。

「そうさな。専務は、店長の一番必要な資質は何だと思う？」唐戸店長は立ち止まって、私に視線を向けて、聞いてきた。

「そうですね。商品知識でしょ、接客能力でしょ、それから、マネジメント能力かな？」

「まあ、それはそうだが、一番の資質は何と言っても**コミュニケーション能力。中でも最も大切な**

能力は『人の話を真摯に聴く能力』だな」

「店長、『人の話を真摯に聴く』って能力ですか?」私は、その意外な答えに戸惑った。

「なかなか身につかない極めて重要な能力だね。ミヒャエル・エンデの『モモ』(岩波書店)を知っているかい? 読んだことある?」また、予想もしない書名を挙げてくるなあ。

「ええ、はるか昔ですけどね」

「そこに出てくる主人公のモモは、ただ人の話を聴いているだけなのだけれど、聴いてもらった人は、不思議なことに元気が湧いてくる。他にも心理学者の河合隼雄《かわいはやお》氏は、著書の『カウンセリングの実際』(岩波書店)で、『問題に直面したもののみが、それを克服してゆくことができる』と語った上で、『クライアントの言うことをそのまま聴いていることは、まるでそれを肯定しているかのごとくにみえるからです。しかし、実際はそうではなくて、このように聴いていることは、まず、現状をはっきりと認識することを意味します。話し合いのなかで現状をはっきりと認識してこそ、新しい可能性を発見してゆくことができるのです。ただ、クライアントがどのように可能性を見出してゆくかは、クライアント自身にまかされている(以下略)』と言っている。どうだい。専務が学んでいるコーチングと、根っこは一緒だろう。店長は、この聴くことを店舗のスタッフやお客様、そして仕入先のトーリューやメーカーである出版社の営業にも出来るのかで、その店の質が決まると言っても過言ではないよ」

「深い話ですね。人間の可能性に絶対の信頼を寄せるアドラー心理学も、コーチングやカウンセリングと根っこでは繋がっていますね」

唐戸店長は、ここで口を挟んだ。

「確かにそうだと思うし、コーチングは日本社会でも欧米のようにさらに広がっていくと思うけれど、形だけを学んでもダメなんだ。羽咋の高橋店長の苦労もそこにある。人の話を真摯な姿勢で聴くことは、管理職に必須な能力である。しかも、能力だから、誰でも身につけることができる。そして、その能力で組織のパフォーマンスも決まる」

「一応、分かりましたが、それでは組織のトップの役割は何ですか？　組織には、目標があり、マネジメントがある。部外者であるカウンセラーやコーチと1組織の責任者であるトップでは、求められる役割が違う」

食い下がり、疑問が消えない私に唐戸店長は続けた。

「倒産寸前の日産を復活させたカルロス・ゴーンの言葉を紹介するよ。『**――人の話を注意して聞けば、90％以上の解決策が見える。トップの役割は、ビジョンを示し計画を作り、優先順位を決めること。あとは、実行だ――**』。現場のことは、現場が一番知っている。課題も感じている。その上で、店長はその店をどうしたいというかのビジョンを持つ。社長は、この会社をどうしたいのかというビジョンを持ち、メンバーに示す。それが、それぞれの立場でのトップの役割さ」

唸ってしまった。ここにこんなにも優秀な店長がいたのか。私は、もう一つの質問をしてみた。

「唐戸店長、以前におでん屋で聞いた質問『街の本屋は、何を売っているのですか？』の答えを聞かせて下さいよ」

「かなり、難しい質問だよね。当然ながら、人によって違うのだから。まあ、私の考えた答えは『街の本屋は、よりいい明日を売っています』にしたよ」

「その心は？」私は、気持ちの高ぶりを抑えきれずにいた。

「本は、生活の全ての入り口になり得る。その証拠にネット書店のガンジスでは、本を入り口にして、それに関連するありとあらゆる生活商品を取り揃えて、売っているよな」

この唐戸店長の「本を入り口にしてそれに関連するものを売っている」に、私の心のどこかが激しく反応した。もしかしたら、この目の前で工事をしているダッシュ・イレブンとの併設の本屋もその一つになるのかもしれない。そして、このコンセプトは他でも使える。

「唐戸店長、ありがとうございました。これから、桜田店に行ってきます」

「何だい、急に!?」


私は、車に飛び乗り桜田店に向かった。昼ごはんは、まだだったな。今日はカレーだな。

石川県には、美味しいカレーチェーンが二つある。カレーのチャンピオンとゴーゴーカレーだ。どちらも美味しいが、いつもは、本店前のカレーのチャンピオンでLカツカレーを食べているから、今日は通り道にあるゴーゴーカレーを食べよう。ロースカツカレーは、ボリュームもたっぷり。これを食べれば、石川県民は一気に元気になる。

桜田店に寄る前に、湧いてきたアイディアを形にするため、喫茶店でコーヒーを飲みながら、考えをまとめる。湧いてくるアイディアをしっかりとイメージしてメモ書きする。

桜田店に着く。

店に入ると、所在なさげな店員が立っている。奥では店長がのんびり書棚を整理している。私に気づくと、近寄ってきた。

「おう、専務さん。あちこちでバリバリやってるじゃないの。もうそろそろ、うちの店にもアイディアを持って来てくれるんじゃないかと待ってましたよ」

割増退職金の話しかしなかった森店長が別人のようだ。他の店舗の変わりようや、店長たちのやる気を見ていて、心に火がついたのかもしれない。

「アイディアを持って来ました。『セレンディップ・クイーンズブックス桜田店』です」

「何だい？　その舌を噛みそうな名前は」

「店長会議で『人が偶然の幸運を発見する能力』のことをセレンディピティーと言うのは、もう何度も話をしましたよね。そして、それこそがネット書店に対抗する街の本屋の役割になっていくことも覚えておられますよね」

「まあ、店長会議であれだけ何度も専務が言えば、覚えてはいるさ」当然という顔の森店長であるが、本当に覚えていたかは、実のところ怪しい。

「桜田店は、そのセレンディピティーを前面に押し出した『生活提案型の本屋』にしましょう」

「生活提案型の店舗ね。具体的にはどういうお店になるんだい？　本が厳しいから、文具や雑貨を扱うのは、どこでもやってるよ。それに、俺には白山店の田丸店長のような知識もないよ」少し心配な顔をして、私に問いかけてくる。

「大丈夫です、安心して下さい。この店舗は三つの基本的な特徴をもちます。まず、一番目には、先進的なデザインの棚と照明でお店の内外装を一新して、誰もが入りたくなるお店にします」

「専務、それいいねえ。知っての通り、これだけ建物が老朽化すると、お客様にも申し訳ないと思ってたくらいだからね」森店長が、嬉しそうに反応する。

「次に、本を全て生活者視点で陳列し直します。売り手の都合を一切捨てます。例えば、児童書売り場は作りませんが、『はぐくむ』のコーナーを作り、そこには絵本と児童用玩具と洋書の絵本、それに育児書、育児雑誌まで1か所でコーナーを作ります。『こころとからだ』のコーナーでは、女性向けのエッセイやスピリチュアルな本にダイエット本、美容の本を置きます。この他に『暮らす』や『食べる』に『旅する』、などなどで、従来の本屋の常識を捨て去るお店でお客様と本との偶然の出会いの場を提供する本屋になります」

「それって、選書が大変そうだな。自分にもできるかな？」明らかに不安気である。

「3番目には、本は生活のすべての入り口であることを再認識して、本の先にある商材をタブーなく扱います。例えば、『食べる』のコーナーでは、酒のつまみも扱います。『こころとからだ』のコーナーの横には、化粧品も扱います。他では扱っていないオーガニックな化粧品にします」こうして、概略を一通り話す。

「いかがですか？」

「うーーん。正直に言ってまだピンとこないな。従来にない本屋だから、イメージが湧かないけど、面白そうだな。ちょっと、店のスタッフと話をしてみるよ」

こんな風にスタッフとのコミュニケーションを最初に考える『人の話を真摯に聴く能力』がある森店長なら、店長としての資質は十分のようだ。何だか、もう成功の予感がしてきたぞ。

「そうですね。お店のスタッフの皆さんとよく話をして下さい。出た意見は、新店舗に反映させましょう。みんなの考えで全く新たな本屋を作りましょう。**『売り手の都合を捨てて、お客様の視点で店を作る』**だけが重要です」

「よし、分かった。時間をくれ」勢いよく返事をくれる森店長が頼もしい。

「クイーンズブックスが大切にする三つのことを覚えていますか？」

「専務が来てから、繰り返した話だ」と森店長は言ったが、きっとこれも正確には、覚えていないだろうなあ。

「**従業員を大切にする、お客様視点を大切にする、地域貢献を大切にする、**の三つでしたよね」

「そうだね」即座に返事をしてくれる。

「森店長。新しい桜田店では、この中で特に2番目の『お客様視点を大切にする』を徹底的に実現した店舗にしましょう。お願いします」

「そうかい、分かった。自分なりに考えてみるよ。その『お客様視点』を」

「それでは、また来ます」

「もう、帰るのかい?」

「はい、これから、羽咋店に行って来ます」


車を能登半島の方に向けて自動車専用道路に乗る。左にカーブを切ると日本海が見えてくる。美しい景色だ。サンセットブリッジも見える。風はまだ冷たい。千里浜を横目に見て、羽咋店に着き、車を入り口から離れたところに停める。

「こんにちは」店内に入ると、雑誌棚で、本の整理をしていたスタッフの水口さんを見つける。

「あら、専務。ありがとうございました。お陰であれから店長は、すっかり変わっちゃって、とても働きやすい職場になりました。専務は、どんなおまじないを店長にかけたのかしら?」とてもにこやかに話をしてくれる。以前とは、まるで別人だ。

「どんな風に変わりましたか?」

「そりゃあ、一番は私たちの話を最後まで聞いてくれるようになったんです。時々質問も交えながら。そうすると、私たちって嬉しくなっちゃうんですよ。私たちもお店をよくしたいと思っていますからね。いま、皆で出しているアイディアを専務が聞いたら驚きますよ。特に以前レンタルをやっていて、いまは使ってないスペースを、新たな売り場にするんです。詳しくは、店長に聞いてください」これが、同じ水口さんだろうか?

「辞めなくて、よかったですね」以前は、退職を口にしていた彼女にそう聞くと、

「はい、そりゃあもう、よかったです」笑顔で返してくれた。二人の話が弾んでいると、穏やかな笑顔の高橋店長が近づいて来た。

「鏑木専務、いらっしゃい。お越しになるのを待っていましたわ。この前は、本当にありがとうございました。その後の本社での店長会では、なかなか直接お礼を言うタイミングがなくて失礼しました」

「お礼なんていりませんよ。それより、お店が明るくなりましたね。それにリニューアルのプランができつつあるそうですね。その話を聞かせて下さい」期待しながら、高橋店長の話を聞き始める。

「まずは、地域性を考えて農業書と園芸書を充実させます。そして、地域性を生かすために、空きスペースで近隣農家の皆さんが作った農作物を持ち込んでもらって、年中産直市を始めます。これは、宮崎県の田中書店さんがやっておられる方法を真似したものですが、大成功していると聞いています」

「凄いじゃないですか。特徴的な店舗がお金もかけずにできそうですね」

「実は、もう一つあります。聞いてくれますか?」密かに温めていた何かを私に伝えたいようだ。

「はい、もちろんです」興味を持って聞くと、それは驚くような話だった。

「この近所に障がい者の方々がやっておられる授産施設があります。ここでは、陶器や布製品や詩集や生活用品などの高品質のものが作られています。施設に行ってお聞きすると、この優《すぐ》れたものを売る場がないそうです。せいぜい学校のバザーくらいで、常設展示販売をしようとすると高い場所代が取られるそうです」

「そうなんですか……。知らなかったです」

「そこで、羽咋店の売り場の一部を無料でお貸しして、売れた分だけ清算するようにすれば、私たちにも無理ない範囲で貢献ができますし、施設の方々のお役にも立てます。そこに展示する文章も作りましたので、見て下さいますか？」

この素晴らしい彼女のアイディアに、私は驚きと少なからぬ感動を隠し切れない。

〜羽咋工房庵作品へのご招待〜

ここにあります作品は、製作者のひとりひとりが、ひと手間ひと手間に心を込めて創りました。

どの作品も良質で安価で、驚くほどのお値打ち品ばかりと自負しております。

様々なハンディキャップを持たれた方が丹精込めて作った商品をご吟味下さい。

もし、気に入られた作品がありましたら、お買い上げ下さい。

お買い上げいただけなくとも、ご覧下さっただけでも、とても幸いに存じます。

お買い上げいただいた作品の収益は、製作者にも還元されます。

お客様にお買い上げいただいたことが、また、皆様にご覧いただいたことが、次の作品制作への活力になります。


本日は、当工房庵、当店へのご来店ありがとうございました。

羽咋工房庵店主　敬白

「高橋店長、物凄く素晴らしい取り組みですね。生まれ変わるクィーンズブックス羽咋店の象徴にも思えます」やはり高橋店長は素晴らしい人だった。店長という管理職としても、誰かの痛みを分かる女性としても。

「はい、専務に来ていただいてから、早速、店のスタッフの話を聴いたんです。そしたら、スタッフの一人から、地域の障がい者の方々が施設で苦労されている話を聞いて、やってみることにしました」

「そうでしたか。店長、面白いですね。応援します。今日は、いくつか質問をします。まず、店長はシャンパンタワーってご存知ですか？　シャンパンを積み重ねてタワーのようにしたものです」

「ええ、写真で見たことがあります」

「そうですか。これは、マツダミヒロさんの『魔法の質問認定講師』で学んだことなのですが、この1番上のシャンパングラスが自分です。2段目が家族、3段目が近くにいる仲間だったり、仕事のメンバーだったりです」高橋店長が私の話を不思議そうに興味深げに聞いてくれる。さらに私は、続けた。

「このシャンパンタワーには、重大な法則があります。それは、**『一番上の自分のグラスを満たさなければ、その下のグラスは満たされない』**です。さて、質問です。高橋店長のグラスは満たされていますか？」

「そうですね。今は、仕事が充実してきて、自分のグラスは満たされています。でもまだ不十分な気もします」

「どうして、そんな風に思われるのですか？」

「どうしてでしょうね。確かに自分の気持ちが今、十分に満たされているかといえば、まだ違う気がします」

「まず、自分を完全に満たしましょう。能登の棚田の美しさも日頃の草取りなどの手入れが丁寧にされているからだと思います。まず自分を満たすことは、決して悪いことではありません。ご両親の介護やお子さんの面倒、店長としての責任で本当に大変な毎日だと思います。お疲れですよね」

私は、頑張る彼女に寄り添う気持ちを伝えようとする。

「鏑木専務、ありがとうございます。確かに疲れてはいますが、以前とはかなり違います。以前の疲れは、原因が分かっていませんでした。今は、目標に向かっていますし、疲れも精神的なものでなく肉体的なものですから、大好きな温泉に入ってのんびりすれば回復します」高橋店長の前向きな気持ちが伝わってくる。

「そうですか、よかったです。それでは、いくつかの質問をしますので、用意してきたシートに書いて答えて下さい。

まず、テーマは『お客様は誰？』です。8項目の質問があります。お客様を具体的にイメージしてみて下さい。

・お客様は、どんな方ですか？
・お客様の趣味は何ですか？
・お客様の家族構成は？
・お客様は、休みの日に何をしていますか？

・お客様は、どんなものから情報を得ていますか？
・お客様がお金を払っても解決したいことは何ですか？
・お客様が気になるキーワードは、何ですか？
・お客様は、買う時に何を元に決断していますか？

これらの質問は、マツダミヒロさんの『魔法の質問マンダラチャート®』に載っているものです。

もう一つやりましょう。テーマは『スタッフのやる気を引き出す』です。

・どんな時にスタッフの笑顔が見られますか？
・どんな時にやる気をなくしていますか？
・その原因は何ですか？
・あなたの上司がどんな上司であれば、やる気を出しますか？
・どんなことを認めてあげることができますか？
・どんなことで褒めたいですか？
・スタッフから学べることは何ですか？
・あなたが変われるところは、どこですか？

さあ、これにもシートに書いて答えてみて下さい。もちろん正解はありません。書いたものすべてが正解です。いかがですか？　面白いでしょう」

「専務、ありがとうございます。店のスタッフともやってみますわ。自分を満たし、家族を満たし、お店のスタッフを満たしていくようにします」

「慌てずに、一歩ずつですよ」

「専務、クイーンズブックスの店長たちってみんな特徴があるでしょう。熱血漢の本店西田店長。クールで理知的な小松店の唐戸店長。本が大好きな加賀店の鉄川店長。文具や雑貨にとても詳しい白山の田丸店長。今までは、ちょっとやる気を失っていたけれど、実はアイディア豊富な桜田店の森店長。私は、スタッフのモチベーションを一番上げるクイーンになりますわ。そして、気づいていないでしょうけれど、クイーンズブックスで一番最初からずっと、専務を陰で応援してきたのは、経理の坂出部長です」

　坂出部長の名前が出たところで、私は息が詰まりそうになった。

　高橋店長は続けた。

「あの人は、あんな性格で髪の毛も寂しげで、見た目も俳優の温水洋一みたいで冴えないでしょう。でも会社のことを誰よりも熱心に考えているんです。定例の店長会議の後でいつも誰かが坂出部長に呼ばれて、専務の考えていることを私たちに分かりやすく説明して『専務の言うことに腹立つこともあるだろうが、彼の熱意と真剣さは、本物だ。みんなで協力しようじゃないか』って私たち店長は、みんな言われてきたんです。あ、このことは専務には内緒って言われていましたが、もういいかなって思って、今日はお話しました」

私は、呆然としていた。一体私は、これまで何を見て何を聞いてきたんだろう？　あの坂出部長が、最初から俺の一番の理解者で、応援してくれていたのか。

「高橋さん、教えてくれてありがとう。大切なことを知らなかったです。今日は、もう帰ります。高橋店長のアイディア必ず実現しましょうね。年内に始めましょう」帰り道の私は、坂出部長の話を反芻していた。

少しも気づかなかった。そうだよな。外部から来た自分だけで、こんなにも短期間にいろんなことが皆に理解されて、実行に移されるはずもないよな。穴があったら入りたい……。なんて傲慢な自分だったんだろう。自分のことを過信していた。中小企業診断士の資格を取ってからの恩師である故野村廣治先生にもいつも言われていたよな。「鏑木先生、**『一つの驕りが全てを無にする』**ですよ。決して忘れないように」俺は、いつまでも先生の不肖の弟子だな。先生は、きっと笑っておられるだろうなあ。

事務所にまだ坂出部長は残っているかな？

今日は、真っすぐ家に帰ろう。

第11章◉奇襲攻撃

3月1日にオープンした小松店のダッシュ・イレブンとの併設店は、地元で大きな話題を呼び、開店日には大賑わいを見せた。小松店の客単価は、1400〜1500円である。ダッシュ・イレブンの客単価は、670円ほど。開店後に何が起きたかというと、実は小松店の客単価が1割ほど下がったのだけれど、来店客数が1割以上伸びている。これは、新たなお客様を獲得できたと推定してもいいと思う。ダッシュ・イレブンに売り場を貸した分だけ、売り場は狭くなったが、売上高は前年を超えている。社長が心配した雑誌への影響も全くない。その上に家賃収入が入ってくる。まずは、大成功の出店だった。

黒木社長の心配は、杞憂に終わった。

白山店は、田丸店長の超人的なエネルギーでお店を見事に一新させた。文具と雑貨が3分の1。そして、残りが中高生とファミリー層を意識した品揃えの本と、喫茶スペースになった。文具や雑貨も定番のものから、お洒落な最新のものまで取り揃えている。近隣の大型書店に本では負けても文具と雑貨では地域の一番店になった。そして、学習参考書も近隣よりは遥かに多い品揃えでカテゴリーキラーとしての位置を確保した。児童書コーナーも充実させ、「絵本の読み聞かせ」を地域でボランティアを募り、毎週のようにやっている。喫茶コーナーはお母様方の憩いの場として使っていただくようになった。

こうして白山店は、「クラフト・クイーンズブックス白山店」として、地域でなくてはならないお店に変身した。

さて、加賀店である。加賀店のカピタ本部への出店希望プレゼンテーションの日程が決まらない。私がクイーンズブックスに来て1年が経ち、2度目の春となった。私には、着任直後の去年と今年の春では、その景色が違って見える。桜はまだだが、梅は満開を過ぎようとしていた。山には、雪が残り風も冷たい。身が引き締まる。

正面から挑んでも、ナショナルチェーンとのコンペに勝つことはかなり厳しい。何らかの奇襲攻撃が必要である。金沢銀行からの紹介で、なんとかプレゼンを聞いてもらえるところまで漕ぎつけた。私は、このプレゼンに勝つことをずっと考えていた。

準備が進んでもプレゼンの日程が決まらない。もしかしたら、競合のナショナルチェーンに決まってしまっていて、手遅れなのかもしれないと思うと、とても焦る長い時間が流れていく。

金沢銀行の松本部長にもお願いしてから、もう1か月が過ぎようとしていた。いつもにも増して、メールや携帯への着信が気になる日々が続く。

今朝も社長から「カピタから連絡あった？」と聞かれた。社長も気になって仕方ないのだろう。もちろん、坂出部長も同じだ。金沢銀行野々市支店へ定例の月次報告に行った際には、支店長も気にしてくれている。まだだろうか？

「果報は、寝て待て」だったか？「果報は、練って待て」だったろうか？　アイディアを練り直していると、ようやく松本部長からメールで連絡がきた。プレゼンの日は来週になったが、準備をいくらやっても、時間が足りない。瞬く間にその当日となった。

「社長、部長、参りましょう。決戦です」

社長と坂出部長と三人で、加賀市内のカピタ出店準備室がある事務所ビルに向かう。

今日を迎えながらも、実際のところを金沢銀行に聞くと、カピタは金沢銀行の紹介だから、仕方なく形だけでもクイーンズブックスの説明を聞いておこう、という姿勢であって、現実はナショナルチェーンの入店が決まりかけているとのことだった。車の中で、最後の打ち合わせをする。

「鏑木専務が作ったプレゼン資料を見て、驚きましたわ。あんなの作って、先方が怒らないかしら？　坂出部長どう思う？」不安な気持ちを抑えきれない様子だ。

「社長、ここまで来れたのは、鏑木専務のお陰です。駄目で元々です。勇気を持ってプレゼンに挑みましょう」部長は、落ち着いている。

「専務、今さらなんだけど、この際だから一つ教えて下さる？」

「何でしょう?」私は、ハンドルを握りながら聞く。

「説明とプレゼンの違いって何ですか?」

「そうですね。似てますよね。でも決定的に違います。**説明は『事実中心の解説』です。プレゼンは『事実+感情』です。**相手への思いがなければプレゼンになりません」

「そうか。じゃあ、今日は間違いなくプレゼンね」社長が一人、納得するように言っていると、事務所ビルに近づく。


近くの駐車場に車を駐めて、約束の時間の5分前まで車の中で待つ。時間になり、三人揃って事務所のあるビルの3階に上がり、指定された部屋の前に立つ。

ドアをノックする。

「失礼します」

先方は、五人のメンバーが待ち構えていた。形どおりに名刺の交換が進み、双方が席に着く。

黒木社長が口火を切る。

「本日は、来年1月にオープンされる『カピタ加賀店様』への出店希望につきまして、クイーンズブックスが提案させていただくお時間を頂戴し、心からお礼を申し上げます。早速ですが説明を始めさせていただきます。説明は専務の鏑木がいたします」

私は、立ち上がり覚悟を決め、表紙にこう書かれてある資料を配る。

「クイーンズブックス加賀店USPリニューアル計画」

カピタの店舗開発部部長・田村が、語気鋭く声をかけた。

「専務さん、資料が間違っているようだよ。表紙の題目が間違っているよ。『カピタ加賀店出店計画』の間違いじゃないのかな?」さらに続けて薄笑いで嫌味たっぷりに、

「表紙も間違うようじゃ、今日のプレゼンも期待できないね」右手で銀縁眼鏡を触りながらそう言い放つ。

「田村部長。ご指摘ありがとうございます。これで合っています。では早速、説明させていただきます」

怪訝そうな顔をするカピタのメンバー。特に田村部長は、憮然としている。やはり、気が気でなさそうな黒木社長。泰然自若の坂出部長。

「当社の加賀店は、車で10分ほどの所にカピタ様が大きなショッピングセンターを作られ、ナショナルチェーンの書店の導入を検討されていると聞き、クイーンズブックス加賀店の全面改装計画を立てました。その概要をお伝えします」

「君は、一体何を言っているんだ? 我々は、忙しい時間を割いて来ているのに、お宅の改装の話なんか聞いてどうするんだ!」また、田村部長が噛みついてくる。

「まあ、田村君。一応、聞こうじゃないですか」

この会議の上席である取締役出店準備室・瀬田室長が、穏やかに制する。

「ありがとうございます。最後まで聞いて下されば、決して時間を無駄にさせませんので、どうかおつき合い下さい」と私が言うと、隣で覚悟を決めた表情で座っている黒木社長が続ける。

「皆様、どうか私どもが真剣に考えたものを、一度だけお聞きいただけませんでしょうか？」

静かだが自信に満ちた口調だ。もう一度私が、話を始める。

「さて、リニューアルの概要をお話します。まずは、私どもの桜田店をご存知でしょうか？　金沢市内に、先月リニューアルオープンしました桜田店は、従来の本屋とは全く異なるタイプの本屋ということで、開店以来お客様からご支持を頂戴し、近隣の大型競合店と差別化ができ、順調に売上を伸ばしています。売り場は、別紙の通りです」

カピタのメンバーが、資料でレイアウト図や桜田店の写真を見始める。

「君っ！　こんなロードサイドショップの店の資料が、我がカピタ加賀と何の関係があるというんだね」また、彼だ。

「田村部長のご指摘は、よく分かります。もう少し、説明させて下さい」

恐らく、店舗開発部部長である田村が、ナショナルチェーンとの話も進めてきたのであろうから、彼にとってクイーンズブックスは、自分の仕事を邪魔する敵なのかもしれない。

「それでは、続けさせていただきます。桜田店の売り場は、コーナーが『旅する』、『趣味とスポーツ』、『物語と文化』、『教養と芸術』、『仕事と遊び』、『たのしむ』、『はぐくむ』、『こころとからだ』、『くらす』、『たべる』などにゾーニングされています」先方のメンバーの数名が熱心に資料に見入っている一方、田村部長は資料をめくりもしない。

「本と文具・雑貨は融合され、連携して配置され、お客様への生活提案になっています。本屋が本だけ売る時代は、終わりました。私どもは、お客様の『より良い明日の生活』を売っていきます」

私の話を聞く彼らの姿勢が、少しずつ変化しているのが伝わってくる。忙しい出店準備のメンバーが桜田店を見ているはずはないと思っていた。

「この桜田店のコンセプトを軸に、加賀店のリニューアルを行います。具体的には、このゾーニングを活かしながら、入り口付近に大きく雑誌のスペースを確保します。さらに、自由に使えるイベント台も準備して、季節感を演出します。また、文具や雑貨は、定番のものから最新のお洒落なものまで、お客様の生活シーンに合わせて取り揃えて、来られた**お客様が偶然の幸運を発見される『セレンディピティー』**を実感いただけます。雑貨は、能登半島の輪島塗や羽咋の神子原米《みこはらまい》を原料にした和菓子に、金沢自慢の金蒔絵《きんまきえ》デザインの工芸品を置くなど、地元志向も重視します」まだ私のプレゼンに腕を組んだままの田村部長。

「その『セレンディピティー』とやらを、もう少し説明いただけますか？」と取締役瀬田室長から質問が出る。

「瀬田取締役、ありがとうございます。承知しました。本来の意味は、誰もが持っている**『偶然の**

幸運を発見する能力』のことをいいます。人と人が出会うのも、お店に来られたお客様が思いもしなかった逸品に出会うのもこのお陰です。このネット隆盛の時代にあって、目的の単品買いはネットにお任せしようと思います。わざわざお店に足を運んで下さったお客様に小売店が提供するのは、『いいものをより安く』以上の品揃えと陳列が求められます。私どもは、この『セレンディピティ』の場をお客様へご提供することこそが、これからの小売店に求められる最も大切な使命と考えています」メモをし始めるカピタのメンバーがいる。

「鏑木専務、分かりました。先を進めて下さい」瀬田室長が穏やかに返事をしてくれる。

「ありがとうございます。これを活かすのが照明です。もちろんLEDを導入しますが、照度を調整できる調光タイプを使いますから、コーナーで光の演出も試みます」

「君ね、今どきどこでもLEDくらいは、導入するの。そんなモノが君の店の特長かね？　聞いて、あきれるよ！　その上になんだねその訳の分からん外国語は。こんなプレゼンは、ハッキリ言って時間の無駄じゃないかね？」

「田村部長、もう少しお聞き下さい。選書について説明します。何といっても本屋ですから本の選書を際立たせます。ナショナルチェーンでもそうですが、本屋は一般的に出版社の推奨で一次的な選書を行い、従来の本屋の分類で並べます。加賀店店長の鉄川は、石川県のみならず北陸三県でも最も本に詳しいと出版業界でも高い評価がありますが、今度の店舗の選書は、この鉄川が在庫のすべてをコーナー特性に合わせて単品で発注します」

「具体的には、どんな風になりますか？」商品開発課の課長が質問をしてくれる。

「はい。一例を挙げるならば、『旅する』のコーナーには、旅行ガイド書だけでなく旅のエッセイや世界の観光地の写真集、旅関連の小説も置きます。『こころとからだ』には、健康書もエッセイも占い本も美容書も健康雑誌も置きます。『物語と文化』では、日本文学を単行本も文庫も著者別に並べて、お客様が本を選びやすいように工夫します」カピタ側は、一人を除いた全ての人がメモをとり始めている。

「他には、どんなサービスや特徴がありますか？」店舗設計の課長が質問する。

「ご来店いただくお客様からのお問い合わせには、最善のサービスで応対します。店内に検索システムを設置するのは言うまでもありませんが、サービスカウンターでお客様とフェイス・トゥー・フェイスの応対をします。在庫がないものの商品取り寄せは、県内の店舗から探し、もしなければ仕入先であるトーリューの24時間対応のネット発注システムで注文するなど、最善の方法で対処します」ここで私は区切り、今日のもう一つのキーワードを心を込めて伝えた。

「**『お客様の期待値の1%超え』**を目指して、2000円以上のご注文ならば県内には無料で配送します。これで、加賀店に来ていただければ、必ずご満足いただけるサービスを提供いたします。この他に雑誌も年間定期購読のご契約を頂けましたら、ご自宅へ配送するサービスも行います」

「鏑木専務、分かりました。この表紙のＵＳＰも後学のために教えて下さい」瀬田室長が質問をしてくれる。

「はい、**Unique Selling Proposition**です。**特長的な販売提案**のことです」

「なるほどね。話は分かりましたが、この場で皆さんも我がカピタグループに喧嘩を売りにきた訳じゃないでしょう。プレゼンの真意を聞かせてもらえますか？」

「私どもは、このプランをそのままカピタ加賀店で展開させていただけないかと思っています。もし、クイーンズブックスの出店をお認めいただけるならば、新店舗から車で10分の月商が2000万円あるクイーンズブックス加賀店を閉店して、移らせていただきます」

私たち三人は、一斉頭を下げお願いした。

「皆さん、どうかクイーンズブックスをカピタ加賀店様に入店させて下さい」

「とんでもないよ。君たち、こんな失礼なプレゼンをしておいて、何を考えているんだね！」

田村部長のそんな罵声の後、しばしの沈黙が双方で流れた。

瀬田室長が口を開く。

「もう、お聞き及びとは思いますが、某ナショナルチェーンさんとは、かなり以前から田村部長を中心に出店のお願いをして、話を進めてきました。ですから、金沢銀行さんのご紹介があってもクイーンブックスさんからのプレゼンもお断りしていました」

私たち三人は、顔を見合わせて「やはり、そうだったか……」と思う。

「今日のプレゼンをお受けしたのは、そこにおられる坂出部長のお父様が、実は私どもカピタ創業時以来の大先輩で、坂出先輩から『息子が命がけで頼みにきたから、話だけでも聞いてやってくれないか』のお電話をいただいたからです。最初は、大先輩の顔を立て、話だけでも聞こうと思っていました。ところが、こうして聞いてみると、それなりに興味深いプレゼンでした。でも、相当に厳しいと思います。ちょっと、考えさせて下さい。みんなも質問は、ないかね？」

書記をしていたカピタの一番若いメンバーが手を上げた。

「スマホ隆盛、電子書籍が大きく伸びる中で、本屋そのものの未来は、どうなると思っておられます？　まず、電子書籍の影響について聞かせて下さい」この質問は、きっと聞かれるだろうと準備していた私は、直ぐに答えることができた。

「電子書籍の本場であるアメリカにおいて、その占有は20％台で留まり頭打ちの傾向を見せています。さらに、この需要は従来からネット書店を使いこなされている方々が電子書籍に移行していると考えており、今後もリアル書店への影響は軽微になると思っております」ここで一旦区切り、相手の反応を確認しながら続けた。

「それから、本屋の未来へのご質問ですが、本屋が自らの社会における役割を規定できずに本だけ売っている『本屋さん』のままであれば、肉屋さんや八百屋さんや薬屋さんなどの所謂『〇〇屋さんは、潰れる』の法則に従って、社会が必要としなくなるでしょう。しかしながら、本屋が自らを新しく規定して**『お客様のよりいい明日の生活を売る店』**となるならば、本屋は必ず新しい形で残っていくと思います」

社長が立ち上がり、自分の思いを言葉にした。

「その第一歩を、どうかカピタ加賀店様で始めさせて下さい」私たち三人は揃って立ち、深く頭を下げた。先方のメンバーの表情は、それぞれだ。

「今日の結果は、2週間以内にご連絡いたします。それまでお待ち下さい」

こうして、プレゼンは終了した。帰りも私の運転する車で加賀市内から本社に向かう。

「どうだったかしらね？　ねえねえ坂出部長、あんなお願いをお父様にしていたの。以前に、言ってたじゃない。『大嫌いな頑固親父とは、もう口も利きたくない』って。それなのに、あんなお願いしてくれてたのね。ありがとう」

坂出部長は、何も言わず外を眺めている。

「社長、待ちましょう。準備に準備を重ねたプレゼンは、全て終わりました。ゴルフプレイヤーであるアーノルド・パーマーの**『ボールがどこに飛んでいくかは、クラブヘッドがボールを打つ前に作られている』**という言葉があります。私たちは十分な準備をして今日のプレゼンを終えました。いいショットだったと思います。ボールの落ちるところは、先方次第です。返事を待ちましょう」

車が本社に着くと、気になっていたのだろう。西田店長が車に走り寄って来た。

「どうでした？　社長。プレゼン上手くいきましたか？　専務、どんな反応でしたか？」

私は、手短に今日のプレゼンの様子を話した。

私たちは、西田店長と共に2階の本社事務所に移動する。

「西田店長、それよりも調査をお願いしていた図書館納品のことは、何か分かりましたか？」

「はい、トーリューさんにも協力してもらって調べましたよ。結論から言うと、まあ、こりゃ難しいな……」ちょっと、困った感じの西田店長だ。

「それは、またどうしてですか？　ファイトマンの西田店長らしくもない」私は、彼の真意を問いただす。

「まずは、石川県立図書館と金沢市立図書館ですが、すべて、東京ライブラリーサポートという会社がガッチリ押さえています。納品はもちろん、図書館に欠かせない書誌データも、図書館の本の表紙に施されているビニールコーティングされた堅牢な装備もすべてを握られていて、入り込む隙がありません」お手上げという感じが西田店長から伝わってくる。

「そうですか……。最近はレンタルの全国チェーン店が、公共図書館の納品はもちろん運営まで請け負っていると聞いています。公共図書館からますます地元の本屋が締め出されているというのは、事実なんですね」

「大分県や、北九州市のように地元の書店が頑張って納品しているところもありますが、全国的には劣勢です」

「それじゃあ、学校図書館はどうですか？」まだ納得できない私は疑問をぶつける。

「石川県じゃ、学校図書館も大半が先ほどの東京の会社に押さえられています」

「えっ、学校図書館までですか？」こんなことがあるものだろうか？

「はい、そうなんです」

「でもね。公共図書館も学校図書館も全て地方の税金が支払われているんだよね。その金が地元に落ちずに、東京に持っていかれるのは、納得いかないなあ。社長、どう思われます？」

「そうね。来週に書店の集まりがあるから、聞いてみます。それから、知り合いの県会議員さんもいますから、その方にも聞いてみます」

何となく、もやもやした感じであるが、今は待つしかあるまい。


翌週になり、書店の集まりから戻った社長から報告があった。

「会合で図書館納品の話を出したら、もう大変でした。『クイーンズブックスだけ抜け駆けするのか！』なんて、凄い剣幕で怒られちゃった」

「そうでしたか。大変でしたね。新しいことを始めるのは、険しいことばかりですね」

「鏑木専務、これから県庁に行きます。そこで知り合いの県会議員さんにお会いしますので、一緒に来て下さる？」

「はい、もちろんです」

二人で車に乗り、県庁に出かけた。大きな堂々とした建物だ。正面玄関から入り議員室に向かう。

「先生、ご無沙汰しています。黒木です」

初老の紳士が笑顔で私たちを迎える。眼鏡をかけ、ロマンスグレーの髪と伸びた背筋は、何かスポーツでもされていたのかもしれない。

「やあ、いらっしゃい。ようこそ。あなたが噂の鏑木専務ですね。県会議員の福島です。図書館納品の件だそうだね。調べてみたけど、当分は手がないようだね。次の契約更新の時が勝負です。ところで、クイーンズブックスさんで図書館納品を請け負うことは、本当にできるのですか？　いろいろと特殊な業務があるようですよ」福島議員も忙しいだろうに、事前にこんなにも調べておいてくれたのは、感激だ。

「はい、特殊な業務というのは3点です。まずは書誌データ。これは私たちの仕入先のトーリューさんでそれに対応するシステムがあります。次に図書館の本のための表紙をビニールコーティングした堅牢な装備ですが、これは、シルバー人材を活用して老齢者の雇用にもつなげます。そして、3点目が注文された本を納期に間に合わせて、背ラベルと共に納品すること。これも十分に対応できます」私が西田店長やトーリューの庄林支店長から聞いていた話で返事をする。

「そうですか。それは心強い。最近は、図書館の運営から納品まで全てを特定の業者に任せる『指定管理制度』に移行して、コスト削減に繋げようとの動きもあります。しかしね、私にはそれが『地方の知性の丸投げ』って気がするんですよ。調べてみたら、山梨県立図書館は作家の阿刀田高さんが館長をしていて、地元から本を買っている。さらに面白いのは、この図書館はベストセラーを複数在庫せず、またこんな風に言っておられる『読みたい本があれば、お金を使うか、時間をつかうか』つまり、すぐに欲しければ本屋で買うし、待てるなら図書館で読め、ということのようですよ。知性に関する見事な見解だね」

ここで、社長が堰《せき》を切ったように、話し始める。

「福島先生、ご理解ありがとうございます。そうなんですよ。図書館にベストセラーが何冊も置いてあるのは、本屋への営業妨害ですわ。しかも、その本は地元で買われていない。もう、本屋が一軒もない地方自治体が330にもなるそうです」

「全国でそんなにもなるのですか？」福島議員が驚く。

「そうなんです。一方で、それを嘆きながら、地方自治体は本を地元から買っていない。街に本屋がない地域ってどんな街なんでしょう。地域社会のため、日本の未来のために街に本屋が必要だと思っています。私たち、頑張りますわ」

「黒木社長の素晴らしいお話が聞けました。図書館業務は、効率化ばかりを求めてはならないと思います。数値で評価すれば、貸し出し冊数になってしまう。安く仕入れたことを評価すれば、古書店で不要なものを購入してしまう。こんな時代だからこそ、ゆっくりとした読書の空間が必要なんです。私たち議員も頑張りますよ」政治家の力強い言葉が聞けた。

「先生、ありがとうございました」

「黒木さん、今日は、お時間あれば県庁の職員の話を聞いてもらいたいのですが、お時間は大丈夫ですか？」

という福島議員の言葉の後に、隣室で待機していた県庁の職員が、呼ばれてすぐに入ってきた。

「私、児童福祉課の木村といいます。実はお願いがありまして、お時間をいただきます」

名刺交換を済ませると、本題に入った。

「石川県には、児童養護施設が8箇所あり、そこに約300人の子どもたちが入所し、生活してます。そこに置いてある蔵書は、とても貧弱です。書店の本は余ったら返品されていると聞いています。その返される本の一部を私どもに譲って頂く訳にはいかないでしょうか？」切実な願いのようだ。

「木村さん、お申し出ありがとうございます。児童養護施設の本に関する窮状は、よく分かりました。ただ、私どもが返す本は、廃棄するのでなくて、仕入先に原価で引き取ってもらうものなので、お譲りすることはできないんです。お力になれず、申し訳ありません」

「そうでしたか。本屋さんの事情も知らないままに、失礼なことを申し上げました。どうかお許し下さい」

彼は、丁寧に辞していった。

県庁から本社に帰ると、社長に伝言メモがあった。

――至急、電話を下さい。　カピタ瀬田――

黒木社長が急ぎ電話をすると、「カピタ加賀店の出店について、最終的な結果をお伝えしたいので、明日2時に事務所まで来て欲しい」という内容だった。

私たちは、それから息をひそめるようにして静かな時間を過ごし、翌日、三人で加賀市内の事務所に向かった。

ドア開けると、瀬田室長とあの店舗開発部の田村部長、商品開発課長の3人が待っていた。

「お待ちしていました。どうぞお座り下さい」

瀬田室長が席を勧める。そしてゆっくりと話を始めた。

「カピタ加賀店の書店については、長年に渡ってお願いしていた皆さんもご承知の有名ナショナルチェーンさんで契約合意寸前まで話が進んでおりました。他のエリアへのカピタ出店においてもご協力願える話にもなっていました」

私たちは、神妙に聞くほかなかった。

「先日のプレゼンテーションは、なかなか見事でした。本屋の新しい形だけでなく、これからの小売業の未来へのヒントにもなりました。散々迷いましたが、皆さんの熱意とご商売の考え方に共鳴しました。来年1月にオープンしますカピタ加賀店には、クイーンズブックスさんに出店してもらいたいと思っています。条件その他が合意できましたら、契約に移りたい。いかがでしょうか？」

田村部長だけは、憮然としたままだ。

「ありがとうございます」社長の満面の笑顔。私の得意顔、そして坂出部長の穏やかな顔にみんなの喜びが溢れていた。

「黒木社長、鏑木専務。これもあなた方と私どものセレンディピティーかもしれませんね。そして、坂出部長。坂出先輩には、くれぐれもよろしくお伝え下さい。私が今あるのも坂出先輩のお陰なんです。これも今から思えば、先輩と私のセレンディピティーだったのかもしれないですね」

そうしてみると、この世の中は、幸せを呼ぶセレンディピティーに満ち溢れているのかもしれない。私は、そんなことを考えていた。

さあ、出店準備を急がなきゃ。

終章◉退職願い

カピタ加賀への出店が決まり、季節は暑い夏が過ぎ去り、秋も深まっていた。今年も山々が紅く染まり、しばらくすると、また白くなっていく。厳しい冬も遠くない。

「健ちゃん、聞いたわよ。来年1月オープンのカピタ加賀に出店するそうじゃない。凄いなあ。頑張ったわね。新店舗なんて、クイーンズブックスにとって何年ぶり？」

BAR白樺での祝杯の夜である。

「奈央子さあ、ここにいるのがその加賀店の鉄川店長。隣が話題のダッシュ・イレブン併設店舗小松店の唐戸店長、そしてこの人がカピタ加賀への出店の陰の立役者、坂出部長」

坂出部長は、カウンターの端で一人、物思いに耽りながら、水割りを飲んでいる。

「健ちゃんが、クイーンズブックスの方をお店に連れてきたのは、初めてね」

「うん、そうだな。そして、他に4人の店長がいて全部で7人のサムライなんだ。鉄川店長、なかなかいい店でしょう」

今日は、ずっとニコニコ顔の鉄川店長が、答える。

「店もいいし、バーテンさんも美人だし、近くにあったら、毎日来ますよ」

「あら、鉄川店長って正直な方なのね。ありがとうございます」と奈央子も微笑んで返す。

「今日は、皆さんご機嫌ですね。どうしてクイーンズブックスは、ここまで来れたのかしらね？」

「それは、メンバーが優秀で、お客様優先を実践してきたからさ」杯を重ねた私は、トイレに立つ。

「皆さん、今日はようこそお越し下さいました。鏑木さんは、いつも一人酒の人です。それは、金沢銀行の時代から変わりません。入行以来、どこの派閥にも属さず銀行でも群れることなく、孤独の人です。でも、今は違います。クイーンズブックスさんで働くようになって、今までにないぐらいに生き生きと働いています。職場の人を連れてここに来るなんて、いつ以来かしら？」

「今日は、開店の前祝いをしようということで、カピタ加賀出店打ち合わせ会議の後に、都合がつく者だけで来ました」と、唐戸店長が返事する。

「鉄川店長、専務のカピタ加賀への出店プレゼンテーションには、鬼気迫るものさえありましたよ。そのこと、分かっているかい」坂出部長が思い出すように言う。

「ああ、聞いていますよ。最初は、専務を寝ぼけたことを言いやがる奴と思っていましたが、本当に真剣だったんですね」

トイレから出てきた私が「何？　皆でまた俺の悪口言ってるんだな」と口を挟む。

「はい、はい。健ちゃんのご明察どおりです。もっと、トイレに入っていればいいのに」と、話を混ぜ返す。

「奈央子、だから俺は、ゆっくりとトイレにも入っていられないんじゃないか」

「カピタ加賀のプレゼンでの思いを聞かせて下さいよ」上機嫌の唐戸店長が、私に話を振る。

「一番は、危機感でしょうね」

「危機感というと?」唐戸店長が、重ねて聞いてくる。

「カピタ加賀に大型の競合書店ができれば、クイーンズブックス加賀店への影響は、避けられない。影響どころか、赤字店に転落しかねない。それは、経営として絶対に回避しなければなりませんでした」

「そうはいっても、ナショナルチェーンとのコンペに勝つ自信は、あったんすか? 僕は、それが一番心配だったですよ」鉄川店長が、当初から持っていた疑問を口にする。

「正面から行けば、勝ち目はなかったでしょうね。付け入る隙があるとすれば、カピタを始めとする大型商業施設側が、本屋に対して徐々に持ち始めている懸念を晴らしてやることだと思っていました」

「健ちゃん、その懸念って聞かせてくれる?」奈央子が突っ込んでくる。

「大型商業施設側が本屋を誘致する目的は、二つしかない。一つは、本屋がそこにあることで、その商業施設のワンストップ・ショッピングをお客様に提供できること。もう一つは、本屋が持っている集客力。この二つに施設側が魅力を感じているから、他の業種に比べて安い家賃しか取れない薄利の本屋を、誘致してくれるんだ」私は、プレゼンに向け熱心に準備したあの日を思い出していた。

「ところが、本の購入は、若い方々にとって、ネットで済ますことが多くなっていて、商業施設に必要不可欠なものじゃなくなってくる可能性がある。それと、本屋の集客力も以前ほどにはなくなっている。だからこそ、従来の本屋とは違う価値観をお客様に提供できるセレンディップタイプなら、コンペの土俵には立てると思っていたよ。そして、今の加賀店を閉店して移設するという、とっておきのカードを切れば、コンペに勝てる可能性は十分にあると思っていたよ」

「専務、ネット書店の件では、思うところがあるんだ」唐戸店長が話を始める。

「確かに、ネット書店の隆盛は否定できないよね。大手出版社に聞いたんだけど、その出版社の売上で、ガンジスの売上は全体の10％から15％も占めていて、法人別売上では一番だそうだ。でもこれは、逆に言うと80％以上の人が、まだ本屋で本を買って下さっていることでもある。アメリカでは、ガンジスが各地域に本屋を出店し始めている。児童書の出版社に聞くと、ガンジスの売上は大したことなくて、占有は1％から3％程度しかないそうだ。やっぱり、本屋は地域に必要不可欠のものだと、改めて思ってるよ」

尽きることのない興奮した会話でますます盛り上がるBAR白樺の夜は、こうして更けていった。

翌朝、出勤すると黒木社長が自分の机で、決算書を熱心に眺めている。

「社長、おはようございます。どうされましたか？」

「鏑木専務、おはようございます。今度の加賀店出店でのお金のことで、教えて欲しいことがあります」

「何でしょうか？　何なりとお教えします」

お金のことは経理部長、と言っていた社長が、大きく変わろうとしているのが伝わってくる。

「出勤早々に悪いわね。分からない点が2点あります。それは、カピタに支払う敷金と仕入先に支払う初期在庫金額についてです。この二つは、『投資回収計画』に含まれていませんよね。これは、どうしてですか？」

「社長、ますます鋭くなってきましたね。まず、『投資回収』というのは、コストがかかった『投資』を回収する計画です。ところが、敷金は施設のカピタに預けているだけですから、コストではありません。お金は出ますが、必ず返ってきます。この金額は貸借対照表の固定資産の部の差入れ保証金として計上されます。しかしながら、『敷金はコストではない』ので、損益計算書には影響せず、『投資回収』の対象にはなりません」

「でも、実際にはお金が必要でしょう？　調達するお金は、どんな風に表されているのですか？」

「はい、それはですね。この敷金は、クイーンズブックスの場合、銀行借入で賄いますので、固定資産で計上した敷金と同額を固定負債の長期借入金で計上します」

「そうか、敷金はコストでないから、損益計算書には関係がなくて、貸借対照表にだけ影響するのね」

「社長、そうです。厳密には長期借入金ですから、その金利が損益計算書のコストに影響を与えますが、敷金自体は、その通りです」

「じゃあ、初期在庫商品の出費は、どう考えればいいのかしら？　初期在庫金額は9000万円にもなりますわよ」

「まあ、考え方は敷金と同じです。私が社長と始めた決算書の見方のレクチャーの最初の方で、販売原価の出し方をお教えしたのを覚えていますか？　あの計算式を思い出して下さい。モノが売れた時点で在庫が原価のコストとして影響します。それまでは、損益計算書に初期在庫は影響しません。これも敷金と同様に貸借対照表にだけ影響します。貸借対照表の流動資産の『商品の部』が増えます。そうして、これも借り入れで賄うのなら、固定負債の長期借入金が同額計上されます。ただ、カピタ加賀店の場合には、既存店舗からの移転ですから、今回の場合は、商品の増加もあまりありません」

「そうか……。カピタに預ける『敷金』は、預けるだけでいつかは返ってくるから、コストじゃないので『損益計算書』には影響しない。『貸借対照表』の『長期借入金』で表現されるだけなのね。同じように仕入れた商品は、売れるまで『販売原価』にならないから、『初期在庫』も『損益計算書』に影響しないで、『貸借対照表』に『商品』として表現されるのね。だから、どちらもコストではないから、『投資回収』計画には含めない」

「社長、そうです。素晴らしい理解です」

私は、社長のここまでの成長振りに驚いていた。キャッシュフローについても本当は話さなければならないが、いま一緒に話をすると混乱するからやめておこう。でも、素晴らしい進歩だ。

「それから、『旧加賀店の特別損失の計上』についても教えて下さるかしら?」

「これも、いい点に気づかれました。これは、今の加賀店を閉店する訳ですから、今年に限ってかかる経費があります。具体的には、棚の撤去費用や廃棄するものなどです。その廃棄する中にまだ資産価値が残っているものがあれば、それも『特別損失』として計上しなくてはなりません」

「そうでしたね。その年に限って発生したコストを『特別損失』として計上するのでしたね」

「そうです。全くその通りです」もう、社長は「損益計算書」については、一通りの理解をしたようだ。

「銀行とは、決算書で交渉するのだから、決算書が分かると、次に銀行さんに会う時も堂々と交渉できるわね」なんだか、社長の自信さえも感じる。

「もう一つ、教えて下さるかしら? クイーンズブックスの前期(43期)貸借対照表の流動資産の部に計上されている3000千円もの貯蔵品って一体何かしら?」

「そうですね。実は、私も気になってはいましたが、よく分かりません。坂出部長ご存知ですか?」事務所で私たちの隣に座り、話を聞いていた坂出部長に尋ねてみる。

坂出部長が、詳細資料を机から出してくる。

「社長、専務、これはですね、先代が『出版社から社員がもらった図書カードは、社員個人がもらうものではなくて、社員全員がもらったものだ』ということで、すべて会社の資産として一旦は計上しているものです」

「社長、私にはちょっとその意味が分かりません」

「そうでしたね、説明しますわ。出版社が雑誌や話題の書籍の販売のために『店頭の飾りつけコンクール』などを毎年のように実施しますの。そのコンクールで上位に表彰されると、旅行券やお菓子や図書カードが社員にもらえるの。それを亡くなった主人は、個人でなく会社の資産としていたのね。悪用する気も自分のものにする気もなかったとは思いますが、ずっとそのままになっていたのね」

ちょっと、思案顔の黒木社長である。突如、晴れやかな顔になる。

「私、いいアイディアが浮かびましたわ。相談させて下さい。お二人が良ければ、明日の店長会議で発表することにします」


定例の店長会議の冒頭で、社長の口から、びっくりするアイディアが出てきた。

「店長の皆さん、今日は皆さんにお伝えしたいことがあります。先日、石川県庁にお伺いしたところ、児童福祉課の方から、県にある児童養護施設には、『事情があって親御さんと一緒に暮らせない子どもたちが約300人もいるが、施設の蔵書が貧弱なので助けて欲しい』とのお話がありました。私は、本はもらうよりも『自分で選ぶ』ことに喜びがあると思っています。ですから、この子どもたちに県下の近くにあるクイーンズブックスに来てもらって、自由に店の本を選んでもらって、その本をクリスマスに私たちがお届けするのは、どうかしら？」

西田店長が笑顔で、即座に反応する。

「社長、それは本当にいいお考えです。日頃は、なかなか本屋に来て本を自由に選んで買う機会が少ない児童養護施設の子どもたちが、本店に来てくれて本を選んでくれる風景を想像しただけでも嬉しくなります」

高橋店長がやや興奮した様子で続く。

「私のお店にもお子さんをお持ちのパートさんが多くおられます。きっと彼女たちも、会社のそんな取り組みを喜びますわ」

6人の店長たち全員が子どもたちのお役に立てることを喜んでいる。

「ちょっと、いいですか？」そこで、いつも冷静な唐戸店長から質問が出る。

「私も、とてもいい考えだと思いますが、気になる点があります。一つは、この試みを始めた以上は、継続しなけりゃならない。その継続のための予算の問題。もう一点は、子どもたちの選書は、全くの自由でいいのかという点です」

「唐戸店長ありがとうございます。それも私から答えます。予算の原資は、いままで出版社からいただいたコンクール他での図書カードがあります。これは、今でも毎年いただいています。その他に、クイーンズブックスも安定的な収益を出し始めたので、それを地域へ御恩返しする意味での『社会貢献活動』でもあります。一人の購入限度額を1200円までにします。これならば、継続的な原資は準備できます。それから、選書の対象から雑誌とコミックとゲーム攻略本だけは除くようにしようと思います」

こうして、12月上旬に施設の子どもたちにお店へ来てもらい、本を選んでもらうことが決まった。

「それから、今日は私からもう一つ話があります。皆さんも知っての通りに1月にカピタ加賀店に出店します。店舗名は『セレンディップ・クイーンズブックス加賀店』とします。セレンディップは、桜田店に次いで2店舗目になります。そこで、新年会を兼ねて開店日の前日に、山中温泉で泊りがけの店長研修会を開催します。みんなで久しぶりにパッとやりましょう」皆が快哉を叫んだ。

「社長、私からも報告があります」

西田店長が話を始める。以前のように社長と坂出部長が話すだけの会議とは、明らかに変わってきている。会社の変化は、会議の雰囲気にも表れる。

「先日、実施した『介護施設のご老人たちの近所の幼稚園・保育園児たちへの読み聞かせ』について報告します。これは、高知の児童書専門店が実践されているものを参考にして実施しました」

西田店長の話にみんなが注目する。

「幼稚園・保育園の子どもたち30人程度が、近所の介護施設におられる20人ほどのご老人たちの所に訪問しました。そこに絵本を200冊ほど用意しておいて、子どもたちが自由に本を選んで、その施設のご老人たちの膝元まで持って行って、読んでもらいました。これがその時の写真です。ご覧下さい」

「それ、凄いね」早速、大の本好きの鉄川店長が発言する。

「その読み聞かせには、運営上の課題もありそうだし、大きな効用もありそうだね。西田店長の苦労も教えてくれますか？」

「子どもたちとご老人たちは、初対面でもすぐに馴染んでくれるのですが、子どもたちが絵本を読んでくれるご老人を自由に選ぶので、人気の方とそうでない方が出るのは、避けられません。そこは、私たちが誘導してあげなければなりません」

「これは、その効果が何かで証明されているのかい？」

森店長から、そう質問が出る。

「はい。この取り組みの効用は、この読み聞かせの発案者である東京医科歯科大学の泰羅《たいら》教授が著書『読みきかせは心の脳に届く』（くもん出版）の中で、脳科学の観点から、2点の効果を挙げられています。1点目は、読み手の前頭前野の活動が活発化すること、そしてもう1点は、聞き手の旧皮質の感情脳が活発化する、という効果です。その結果、ご老人には、認知症の予防や生きがいづくりが期待できる。子どもたちには心が育ち、人と100％向き合える喜びから自尊感情が育つ、と述べられています」自信満々に話をする西田店長が頼もしい。
「そりゃあ、すごいな。日本の抱える介護と保育の問題解決に絵本が大きな役割を持てるとすれば、本屋冥利に尽きるね。早速桜田店でも考えてみるよ」

クィーンズブックスは、大きく変わろうとしていた。思い返せばいろんなことがあった。沈没寸前から何とか復活し、ここまで来れた。本屋の未来に絶望し、希望を失っていた皆の意識が大きく変わった。やはり本屋は、やりようによっては、無限の可能性がある小売店であると改めて確信した。本が持つ素晴らしさを、僕ら本屋は懸命にそして賢明に伝えていこう。さあ、山中温泉が楽しみだ。

年が明け、慌ただしい準備も終わり、カピタ加賀店のグランドオープン前日になった。山中温泉の名湯の宿は、黒木社長のお勧めで「お花見久兵衛」になった。料理が美味しく、露天風呂もあり、宴会場もあって料金もお手頃の宿である。
私は一足早く宿に来て部屋で寛ぎながら、出店が決まってから今日までのことを思い出していた。この日までの苦労の日々も、社員全員と仕入先のトーリューの協力で乗り切れた。特に選書では、単品で発注するのにトーリューの販売データと鉄川店長のセンスとで最適な選書ができた。そして、出版社の協力も大きかった。出版業界では、出版社・取次・書店を三位一体と言うのだそうだが、出版界という船が沈むかどうかの危機にある今こそ、もう一度この三位一体で本の魅力を読者に伝えていこう。

この部屋から見える雪化粧をした庭が見事だ。今夜は、雪を眺めながらの露天風呂になる。

全店長と参加が可能な社員たちが3時に現地集合する。4時から会議で6時から宴会だ。皆が笑顔で集まってくる。

「坂出部長、いよいよですね。今日の資金もよく捻出できましたね」ロビーで店長や社員を迎えていた私たちは、すっかり心を許しあえる間柄になっていた。

「まあ、そうだね。クイーンズブックスは長いこと、適切な福利厚生費を計上してこなかったしね。それに鏑木専務もご承知のように、クイーンズブックスには赤字の時に計上される『繰越欠損金』があるから、今年は利益が出ても所得法人税の納税の必要がない。税金と思えば、これくらい安いもんだ」

「やはり、『すべては決算書にあり』ですね」

「まあ、その通り。**『決算書が分からない人は、経営してはならない』**だ。銀行との交渉も正しい投資も収益の改善もすべて決算書に判断根拠がある。専務がクイーンズブックスに来て、社長に決算書の読み方を教え始めた時に俺は、専務の会社再生の本気を信じたよ」

「そうでしたか……。聞きましたよ、店長たちの私への反発を、坂出部長が抑えて下さっていたことも」

「さあて……、そうだったかな？　さてもうすぐ、会議の時間だよ。露天風呂には入ったかい？」

「いや、会議を終えて温泉に浸かって、浴衣に着替えて宴会に臨みます」

予定の時間が近づき、二人で会議室に向かう。会議室には社長も店長たちも全員が揃っている。

司会は、坂出部長。この人らしくもなく、少し緊張しているようだ。

「時間になりましたので、クイーンズブックス移動幹部会議を開催します。それでは社長、お願いいたします」

「皆さん、ようこそ山中温泉へ。この宿いいでしょう。私、この宿が大好きです。実は、亡くなった主人と何度か来たことがあるんです。主人もクイーンズブックスの経営をずっと心配していたと思います。厳しい年月が続きました。でも今こうして皆さんと、この宿に泊まって幹部会議が持てるまでになりました。そして明日はいよいよ、クイーンズブックスの総力を結集した、セレンディップ・クイーンズブックス加賀店のグランドオープンです。みなさん、本当にありがとうございました」

私も社長と一緒に今日の喜びを噛み締めていた。ここにいる全員が穏やかで満足に満ちた顔をしている。社長のスピーチは続く。

「これで、本店を除いて既存の全ての店舗リニューアルが終了しました。みんなの頑張りで、前期は5年ぶりに黒字になり、今期も増収・増益の見込みです。街の本屋、そしてクイーンズブックスには、まだまだ地域社会にも、日本という私たちの愛する国においても、果たすべき役割があります。街には、本屋が不可欠だと信じて疑っていません」

社長の感情の高ぶりが伝わってくる。

「鏑木専務、ここまで本当にありがとうございました。改めてお礼を言います。いま思えば、私は、社長失格でした。それを教えてくれたのは、あなたです」

私まで目が潤んできた。

「そして、坂出部長以下、各店長の皆さん、店頭で接客をして店を守って下さるスタッフの皆さん。本当にありがとう。ここで、私から二つのお知らせがあります」

ちょっと、会場が静かになる。社長は、何を話し出すのか？　誰もが社長の話に耳を傾ける。

「先月の上旬に、クイーンズブックスの店舗に石川県の児童福祉施設の子どもたちが来てくれて、本を自由に選んでもらいました。その時の写真は正面スクリーンをご覧下さい。聞くところ、1冊を選ぶのに子どもたちは1時間もかけてくれたそうです。子どもたちが自分で選んだ本を、クリスマスに店長たちがサンタに扮して施設に持って行ってくれましたが、先日お礼のお手紙が届きました。その中から2通だけ紹介します」

――クイーンズブックスの皆さまへ

ぼくたちのために本を下さってありがとうございます。ぼくは本が好きなので、いい機会になりました。本を読むと、いやな気分だったのがいい気分になったりします。本は、ま法だと思います。ひまがあったらいつも本を読んでいます。マンガよりしょうせつのほうが好きです。本を選ぶ時は、どのような本が自分に合うかまよってしまいました。

5年　財前　つとむ

――クイーンズブックスの皆様へ

僕は、皆様から頂いた「定期テスト基礎からぐんぐん中学地理」という本でさっそく勉強させていただいています。僕は受験生で来年は受験します。なので、この本に力を借りて、地理の知識をしっかりと身につけて志望校に合格したいと思います。この本をこれからも大切な一冊として、持ち続けていきたいと思います。僕の目標は、社会のテストで80点取ることです。この目標を達成するため、今日からこの本でコツコツ勉強していきます。本当に本をもらって嬉しいです。ありがとうございます。絶対の志望校に合格します！

中3　尾崎　友宏

この手紙を読むときの社長は、ほとんど涙声であった。高橋店長は、ハンカチで涙を拭い、他の店長たちも目に涙を溜めている。

「皆さん、いかがですか？　『本は、ま法』です。そして、1冊の参考書で人生を切り拓こうとする中学生の力になれるのも、本なのですね。私たちは、地域で本当に誇らしい仕事をしています。これからも、私たちは本の力を信じて地域の皆様のお役に立てるクイーンズブックスとして、力を合わせて頑張っていきましょう」大きな拍手が鳴りやまない。誰もが社長の話に対する自分たちの賛同の気持ちを大きな拍手で示そうとしていた。

また、少し間があり、さらに社長の言葉が続いた。

「お知らせのもう一つは、鏑木専務がこの度、ある決断をされてお話があるそうです。鏑木専務、壇上へお願いします」

指名されて壇上へ向かう途中、皆の視線が突き刺さる。

金沢銀行からクイーンズブックスに来て、もうすぐ3年になる。クイーンズブックスの経営も軌道にのったし、「専務の決断とは……、まさか？」と思われているのが雰囲気で伝わってくる。

私は、壇上のマイクに向かう。

「皆さん、明日の開店には万全の態勢で臨みましょう。他の店舗では見られない棚と照明で内装は仕上がりました。しかしながら、セレンディップ・クイーンズブックスのお店の本質は、内装の素晴らしさにあるのではありません。本のジャンル分けと選書、そして本と文具や雑貨との融合にあります。全国の地方書店の品揃えは、書店の作業と金融事情が優先されています。私たちは、流通の川上の販売代理店から読者・消費者のための仕入代理人になります。それこそが、この本屋を苦境から救う唯一の道だと信じるからです」

私の自分の信念を改めて伝えて、続けた。

「セレンディップ・クイーンズブックス加賀店の全ての本は、トーリューさんの協力も得て、鉄川店長以下、わが社のスタッフが書店員のプライドをかけて選書し、棚の構成を作り直しました。全ては、ご来店いただくお客様のための品揃えです。これが、『本を基調として、お客様のその先の興味や暮らしまでカバーする書店』です」

真剣な眼差しで聞き入る社員たちの顔を見て再び続ける。

「もう、何度かお話しているアインシュタインの言葉を紹介します。**『愚かさとは、同じことを繰り返しながら、違う結果を求めることである』**。出版業界は、この20年にわたって、売上を落とし続けてきました。それで、何か本屋に抜本的なイノベーションが起こったでしょうか？　このままでは、社会が本屋を必要としなくなります。私たちにもうこれ以上、これまでと同じことを繰り返す時間は残されていません。愚か者であることをやめようと思います」

みんなが熱心に聴いてくれている。

「羽咋店は、産直を始めとする地域の特産まで扱う店舗になりました。白山店は、『クラフト・クイーンズブックス白山店』として、文具・雑貨に特長を持つようになりました。小松店は全国初のダッシュ・イレブンとの併設店舗になりました。桜田店は、先行するセレンディップタイプの本屋として、金沢市内で競合する大型店舗と共存しています。本店は、これから図書館販売に参入します」本店の図書館販売には、皆に少なからず驚きがあるようだ。

「2年前の春に私が、クイーンズブックスの一員となった時の歓迎会で皆さんに『社会人の基礎知識』の小冊子をお配りました。大変に不評だったのを覚えています」

皆から笑い声が聞こえる。

『実践なき経営理論は無意味ですが、理論なき実践もまた無力』です。現場力のある皆さんは、もうこの必要な理論を身につけています。勝ちましょう。必ず、勝ちましょう。セレンディップ・クイーンズブックス加賀店の視点は、明確に読者にだけ向けられています。品揃えだけでなく、接客でもラッピングでも全国の地方書店の新たなスタンダードになれればと思います。学んで実践する僕ら本屋の未来は、明るいです」私の話に深く頷いてくれるのが、心から嬉しい。

少し、間を置いて、私は最後に大切なことをみんなに伝える。

「皆さん、ありがとうございます。皆さんとようやくここまで来れましたが、まだ道半ばです。経営再建はその緒《ちょ》に就いたばかりです。クイーンズブックスで、私のライフワークを見つけました。それは、地方書店の再生です。先日、金沢銀行人事部に退職願を出して参りました。これからも皆さんと一緒に仕事させていただければと思います。どうぞよろしくお願いします」

会場は、万雷の拍手で応えてくれた。

みんなの暖かな大きな拍手の中、私は壇上を降りた。


会議を終えて、宴席までの間に露天風呂に入った。やはり雪景色だ。大きな湯船で手足を伸ばしていると、田丸店長と森店長が入って来た。

「専務、金沢銀行辞めたんだ。後悔してない？」湯煙りの中で聞かれた。

「そうですね。正直言って分かりません。でもこうして、私を必要として下さる所で働くのが、一番楽しいことは間違いありません」

温まった私は、風呂場を出て宴会場に向かった。


宴席会場では、大好きな石川県の地酒と絶品料理が準備されていた。西田店長の発声で乾杯となり、すぐに部屋中に歓声が響いた。みんなの笑顔が見える。社長の浴衣姿が艶っぽい。長い髪を束ねた浴衣姿の高橋店長が来てくれてビールを注いでくれる。

「専務、その節は大変にお世話になりました。あの時に専務が来て下さらなかったら、お店も、そして私も崩壊していたかもしれません。お陰で羽咋店は生まれ変わり、元気になりました。本当にありがとうございました」

「いやいや。私は何もしていません。高橋店長を信じて、接していただけです。あなたなら必ず、解決すると信じていました」

「専務、まさにそれが、コーチングマインドですね」微笑ながら話す高橋店長にちょっとばかり、ドキッとしていると、

「鏑木専務、ニヤけていますよ」西田店長が隣に座る。

「俺は、最初から専務をいじめてばかりいましたね」少し、酔った口調だ。

「西田店長、いじめられたなんて思っていませんよ。鍛えてもらったと思っています。そうして鍛えてもらったお陰で、本屋としての心構えと矜持《きょうじ》が持てた気がします。ありがとうございました」

「何をおっしゃるウサギさん。こちらこそ、いろいろと教えてもらいました。知らなかったマーケティングのことも勉強になりました」

私は、これまでこの人たちのお役に立ってきたのだろうか？　次から次に私のグラスを満たしに来てくれる仲間たちと酒を酌み交わしながら、宴席の夜が過ぎ、料理もたっぷりと堪能した。

散会の時間になり、私も立ち上がる、ふらつく足元を気にしながら、もう一度ここの名湯の露天風呂にゆっくりと入ろうと思ったが、飲みすぎたようだ。朝風呂にしよう。

それから部屋に戻り、布団に潜り込んだ。明日は5時起きだ。

翌朝の空は、冬の石川県には珍しく快晴であった。カピタ加賀店のグランドオープンの日だ。

オープニングイベントは、地元の高校のブラスバンドの演奏で、バトントワラーがパフォーマンスを繰り広げる。

加賀市長を始めとする関係者の挨拶があり、お決まりのテープカットの後、ドッとお客様が店内に流れ込む。

店内のあちらこちらで、店員さんたちが開店日の特売品を売り込んでいる。家族連れが多いようだが、ご年配の方々も沢山ご来店されている。この地域で最大の商業施設に地元の期待も大きいようだ。

本屋には特売もないのに、開店と同時に沢山のお客様が2階まで足を運んでくださる。有難いことだ。新業態のセレンディップ・クイーンズブックス加賀店が、この地域のお客様に受け入れられるのかは、これからの努力次第だ。今日は初日で大盛況だ。レジに列ができるほどである。鉄川店長も走り回っている。応援に来ている各店長たちもレジに入って接客している。

絵本のキャラクターであるノンタンの着ぐるみの周りを、大勢の子どもたちが取り囲んでいる。

中には、森店長が入っているのに、仕草が可愛いのは、なぜだ?

「社長、よかったですね。こんなにも沢山のお客様がお見えです」

「鏑木専務、初日だし、加賀店の閉店期間もあったから、これくらいは当然なの。勝負はこれからね。このタイプのお店をお客様が支持して下さるかは、すべて売上が語るの。**『お客様である神様は、沈黙で語る』**の。それは、お店の売上高という冷徹な数字でね」

私は、頼もしいような気持と同時に背筋の凍るような思いがした。結果が求められている。私の帰り道切符は、もう捨てられていた。暖かな店内なのに、冬の加賀の冷たい風が肌を突き刺すようだ。

クイーンズブックスの企業再生の本番は、これからだ。

経営の本質を理解した社長。会社の背骨である総務と経理を寡黙かつ誠実にこなす経理部長。マーケティングやコーチングマインドを身につけて、真摯な姿勢で現場を大切にする店長たち。そして、日々店頭に立ち笑顔で接客をする社員たち。

私は、この人たちと一緒に全身全霊を傾けて、地域の本屋の再生に生涯を捧げよう。

さあ、帰りには1階の食品売り場の特売のお惣菜を三人分買わなくちゃ。

まだ、売り切れてないといいがなあ。

あとがき

私は、以前北陸地方の書店に出向を命じられ、経営企画室長として2年間働いていましたが、当時、経営の知識も経験も乏しかった私にできたのは、もしかしたら駐車場の掃除ぐらいだったかもしれません。元々経営不振だったその書店は、決算書を読まない経営と近隣への競合店の出店で、成す術もなくある年の春に倒産してしまいました。書店人としてとても優れた方々が、売り場を去っていかざるを得ませんでした。経営に全く不勉強だった当時の自分の不甲斐無さを思い、桜の季節になると今でも私は申し訳のない気持ちで、胸が締め付けられる時があります。

今でも毎年、各地で多くの本屋が惜しまれながら潰れていきます。この本は、そんな消えていった街の本屋たちへの私のレクイエムです。

言うまでもなく、この本のストーリは全くのフィクションです。しかし幾つかの「虚」と同時に、本屋の未来を託せる光となる「実」も書いてあります。文中に出てくる団体や人物は、実際に存在するものもあったり、私の創造の産物だったりします。どこが「虚」でどこが「実」かは、読者の皆さんでお楽しみください。例えるなら、「〇〇特急殺人事件」のようなミステリーで、特急電車の名前や観光地は実在しても、殺人事件や登場人物はフィクションであるのと同じ構図です。ようやく、初めての本が出せるようになりました。ここまで、私を支えてくださった皆さんに、心よりのお礼を申し上げます。

地方書店を始めとする中小小売業の再生は、私のライフワークになりました。この再生こそが、日本社会の地域創生に繋がると信じています。拙著が、少しでもそのお役に立てればと思います。

この本は、旧知のWAVE出版代表取締役社長・玉越直人氏、同社営業部長・井本節山氏にそんな企業再生の話をしていたことから、お声をかけて頂きました。固辞していたのですが、玉越社長から熱心な説得を頂戴し、浅学非才の身でありながらも本を出せる幸運に恵まれました。

玉越氏が産みの親ならば、育ての親がWAVE出版編集部の設楽幸生氏です。初めて本を書く私に、文意が通りにくい点や文章の膨らみが足りない点をプロの編集者として的確なご指摘を頂いたり、決算書の読み方では可能な限りに平易な表現を求められたりしました。私が初稿からここまで推敲を重ねる事が出来たのは、貴方のお陰です。もし、この本が読者から何らかの評価を得る事があれば、その喜びは、二人で分かち合いたいと思います。

半年もかかったこの本の執筆活動の最中に、週刊ダイヤモンド誌から「2016地方『元気』企業ランキング」で明屋書店《はるやしょてん》が全国中小企業300万社の中で第1位に選ばれるという栄誉にも浴する事ができました。

明屋書店がこうして再生できましたのは、全てのスタッフのお陰です。明屋書店常務取締役・庄嶋勇人氏とは、トーハン以来4度目の上司と部下の関係です。私が深く信頼をする、あなたの現場統率力と数値分析力に敬意を表します。同じくトーハンから明屋書店へ出向し、管理部門全般をお任せしている取締役管理本部長・森田健氏のお陰で、旧来のシステムが一新出来て、社内外へのディスクローズが進み、金融機関との信頼関係を構築することができました。豊かな経験と温和な人柄で取締役総務人事部長をお願いしている瀬川定伸氏、書店現場に精通する営業副本部長・福田百年氏、いつも誠実に働く本社のみなさん。そして、何より日頃から書店店頭を守ってくれる各地域のブロック長、店長、店舗スタッフの皆さんに改めて御礼申し上げます。

以下は、文中で事例などを紹介させていただいた皆さんです。

園児たちと介護施設のご老人たちと「本の読み聞かせ」の実践をされて、明屋書店とコラボしていただいている児童書専門店コッコ・サンの森本ちか氏。「語先後礼」や、本屋の姿勢を教えていただいた、宮脇書店大阪柏原店代表取締役・萩原浩司氏。「本屋は、全ての生活の入り口である」という大いなるヒントを下さった、総商さとう代表取締役・佐藤友則氏。本屋での農家の産直を立ち上げた宮崎田中書店・田中良朋氏。

私が無聊《ぶりょう》をかこつ松山の夜に、いつも笑顔で迎えてくださる松山の「サントリーバー露口」の露ロご夫妻。明屋書店をご支援頂き、これまで3度も店長研修をしてくださり、本文中で著書を紹介させていただいた湘南ストーリブランディング研究所・川上徹也氏。

集客のアイディアを頂き、掲載を許してくださった集客質問家・河田真誠氏。マインドについて日頃から大いに学ばせていただいて、本書でも数箇所で紹介した「魔法の質問」を主宰される質問家・マツダミヒロ氏。中小企業診断士としての心構えを教えていただき、私を導いてくださった恩師・故野村廣治氏。この他、沢山のご縁をいただいた方々に感謝するばかりです。

そして、仕事人間、会社人間で、父親失格である私の娘志織と息子徹也へ。二人の大切な思春期に私は金沢、大阪、福岡、そして松山と10年も別々に暮らし、一緒に過ごせた時間は僅かでした。父親らしいことも出来ませんでした。「父親が無くとも子は、育つ」、二人とも成人し、仕事をして立派に社会の役に立っていることをお父さんは、誇らしく思います。

最後に、この拙著を最後までお読みいただいた読者のあなたへ。

この本は、あなたにお使いいただいた、時間やお金以上のお役に立つことができたでしょうか？お読み頂き、本当にありがとうございました。心より感謝申し上げます。

今年も、また希望と後悔の念が入り交じる春がやって来ます。

松山道後にて　平成28年3月　小島俊一

コッコ・サン with 明屋書店の㈱ベストケア（介護施設）での取り組み（261 ページ）

明屋書店が毎年行っている、クリスマスプレゼントの風景（265 ページ）

参考文献

「マネジメント　エッセンシャル版」（P・Fドラッカー 著／ダイヤモンド社）
「賢人たちからの運命を変える質問」（マツダミヒロ 著／かんき出版）
「物を売るバカ」（川上徹也 著／KADOKAWA）
「ローマ法王に米を食べさせた男」（高野誠鮮 著／講談社）
「魂の経営」（古森重隆 著／東洋経済新報社）
「カウンセリングの実際」（河合隼雄 著・河合俊雄 編／岩波書店）
「モモ」（ミヒャエル・エンデ 著／岩波書店）
「読み聞かせは心の脳に届く」（泰羅雅登 著／くもん出版）
「販売士2級検定　速習レッスン」（ユーキャン販売士検定試験研究会／自由国民社）
「売れる作家の全技術」（大沢在昌 著／KADOKAWA）
「てくてく歩き　金沢北陸」（ブルーガイド編集部／実業之日本社）
「まっぷる　金沢　能登加賀温泉郷」（昭文社編集部／昭文社）

◉著者プロフィール

小島俊一（こじま・しゅんいち）

1957年福岡県生まれ、明治大学政治経済学部卒。㈱トーハン入社後、2005年石川県「王様の本」へ出向し、書店現場での経験を積む。その後トーハン執行役員近畿支社長、同九州支社長を経て、2013年に四国・松山の㈱明屋書店代表取締役就任、現在に至る。中小企業診断士・産業カウンセラーの資格を持ち「良いコミュニケーションが人生を豊かにする」をテーマに、コーチングやＮＬＰの手法を用いた「魔法質問セミナー」を開催中。中小企業再生をライフワークとしている。週刊ダイヤモンド誌で全国300万社対象の2016年「地方『元気』企業ランキング」で明屋書店を日本一に導く。

小島俊一ホームページ　http://land-eye.jp/

崖っぷち社員たちの逆襲

お金と客を引き寄せる革命――「セレンディップ思考」

2016年4月25日　第1版第1刷発行

著者　小島俊一

発行者　玉越直人

発行所　WAVE出版

〒102-0074 東京都千代田区九段南4-7-15
TEL 03-3261-3713　　FAX 03-3261-3823
振替 00100-7-366376
info@wave-publishers.co.jp
http://www.wave-publishers.co.jp/

印刷・製本　萩原印刷

ISBN978-4-87290-796-4
NDC336 279p 19cm